助っ人刑事（デカ）

非情捜査

南 英男

祥伝社文庫

目次

本書の主な登場人物

石津翔平……39歳。警視庁刑事部長直属の極秘捜査官、警部。柔道、剣道とも三段。
尾崎伸吾……44歳。警視庁刑事部参事官、警視正。準キャリア。石津への指令役。
高瀬　亮……享年58。元警察学校教官で犯罪ジャーナリスト。四谷署管内で謀殺。
伏見賢司……51歳。文部科学省、科学技術・学術政策局次長。裏口入学斡旋の疑い。
保科　潔……53歳。関東テレビ、プロデューサー。
椿原竜生……54歳。公安調査庁公安調査第一部長。カルト教団捜査で石津と協力。
木本忠夫……享年64。カルト教団マントラ解脱教元教祖。四年三カ月前に死刑執行。
久松利紀……マントラ解脱教後継団体『プリハ』代表。本部は足立区。
城島　優……55歳。同『魂の絆』代表。本部は世田谷区代田。
曽我和樹……同『幸せの泉』代表。
西浦洋子……47歳。同『継承者クラブ』代表。本部は北陸。
木本聖美……故木本忠夫の四女。
宮内次郎……人権派弁護士。聖美の代理人。
木本　瞳……故木本忠夫の三女。
小野　徹……28歳。東京拘置所刑務官。拉致され、足立区の廃工場で死体で発見。
三宅雄大……30歳。同。

第一章　轢殺の背景

1

完敗に終わるのか。

それでは、いかにも情けない。せめて一勝はしたいものだ。残念ながら、負けっ放しで最終のセットを迎えることになってしまった。

石津翔平はキューを握り直した。自分は後攻だが、思わず力が入ってしまったのだ。気負いすぎると、いい結果を出せない。

下北沢の裏通りにあるビリヤード店『ブレイクショット』だ。二〇二二年十月上旬のある夜だった。七時を回って間がない。

石津は、緑色のラシャの上に菱形に置かれた九個の的球を見つめた。ナインボールの最中だった。

対戦プレイヤーは、店主の貴船保だ。元大学教授で、七十三歳だったか。オーナーは七十歳で教職を離れ、道楽でビリヤード店を開いたと聞いている。自宅は成城学園前にあるという。

貴船は細身で、知的な顔立ちだ。上背もある。銀髪は豊かだった。

石津は大学時代に幾度かポケット・ビリヤードを楽しんだことがあるきりだ。初心者と言ってもいいだろう。

気まぐれにこの店を覗いたのは、半年ほど前だった。客の姿は見当たらなかった。気後れしてドアを閉めかけると、奥から店主が現われた。

貴船は料金はいらないから、ゲームの相手をしてほしいと何度も頭を下げた。よほど退屈していたのだろう。

石津は押し切られる形で、ローテーション・ゲームの相手を務めた。

この競技は、①から⑮の的球を番号順にポケットに落としていく。最初に決めた得点に先に達したほうが勝者になる。ボールの番号がそのまま得点になるルールだ。

ビリヤードは技法の巧拙で勝敗が決まることが多い。しかし、時には運が味方になったりする。

とはいえ、石津はビリヤード歴五十数年の貴船にはまるで歯が立たなかった。十セットの勝負だったが、一度も勝てないままゲームは終了した。

店のオーナーは石津を引き留め、ドリップコーヒーを淹れてくれた。世間話をしているうちに、波長が合うことがわかった。二人の価値観はよく似ていた。

そんなことで、石津は月に何度か通うようになったのだ。オーナーや先客たちと各種のゲームを愉しんできたが、いっこうに上達していない。筋が悪いのだろう。

「手心を加えたら、失礼になるね」

先攻の貴船が言って、手球を撞いた。

石津は悪い予感を覚えた。店主はブレイクショットで手球を①ボールに当て、残りの的球をうまく散らした。

弾かれた①ボールは、なんと⑨ボールを左のサイドポケットに押し入れた。このゲームは最小番号ボールに手球を当てなければならないというルールはあるが、先に⑨ボールをコーナーかサイドポケットに落としたほうが勝つ。

上級者たちは①ボールで⑨ボールを狙うことができる。だが、石津はそんな芸当はできなかった。ストレート負けだった。

「少し手加減すべきだったかな。石津君はまだキャリアが浅いからね。大人げなかったと思うよ」

「手加減なんかされたら、かえって傷ついちゃいますよ」

「あっ、そうだろうね。どうせ今夜も客はやってこないだろうから、いまコーヒーを淹れよう」

貴船が自分のキューをラックに戻した。

ちょうどそのとき、見覚えのある若い二人のやくざが店に入ってきた。下北沢一帯を縄張りにしている『昇竜会』の構成員だ。

どちらも二十代の半ばで、片方はスキンヘッドだった。もうひとりは短髪をブロンドに染めている。ともに凶暴そうな面構えだ。

「何度押しかけてきても、みかじめ料なんか払わないぞ。二人とも帰れ！」

貴船が語気を荒らげ、二人組を交互に睨みつけた。先に口を開いたのは、頭髪を剃り込んだ男だった。

「月に三万で、用心棒を引き受けてやろうって話だぜ。それぐらいは払えるだろうがよっ。あまり客は入ってねえみたいだけどな」

「店が流行ってたとしても、みかじめ料なんか払う気はない」

「じじい、店を焼いちまうぞ」

今度は金髪男が石津を横目でうかがいながら、肩をそびやかした。石津はビリヤード・テーブルの脇にたたずみ、成り行きを見守った。

「塩を撒かれたくなかったら、早々に退散するんだな」

貴船は負けていなかった。

スキンヘッドの男が険しい表情で貴船に迫り、胃にパンチを沈めた。貴船が呻きながら、前屈みになった。すかさずスキンヘッドの男が膝頭で、貴船の股間を蹴り上げる。

貴船は唸りつつ、その場にしゃがみ込んだ。

髪を黄金色に染めた男がビリヤード・テーブルを回り込んで、貴船に横蹴りを見舞った。貴船が体のバランスを崩して、床に転がる。

もう傍観していられない。石津はキューを手にしたまま、スキンヘッドの男に接近した。

相手が身構える。石津はキューの先端で、相手の喉笛を強く突いた。無言だった。

スキンヘッドの男が動物じみた声を発し、大きくのけ反った。そのまま、後方に倒れ込む。不様な倒れ方だった。

「てめーっ！」

金髪男が喚き、躍りかかってくる。隙だらけだった。

石津は少しも怯まなかった。不敵に笑い、キューの先端のタップを相手の鳩尾に埋める。金髪男が体を二つに折ったまま、尻から床に落ちた。

「てめえ、ぶっ殺すぞ」

スキンヘッドの男が起き上がって、濁声で凄んだ。

「手錠打たれたくなかったら、オーナーに詫びて店から出ていけ！」

「おたく、警官なの!?　北沢署の刑事じゃねえよな？」

「本庁だよ」

石津は言いながら、ジャケットの内ポケットからＦＢＩ型の警察手帳を摑み出した。短く呈示する。

髪をブロンドに染めた男が蒼ざめ、意味不明の言葉を洩らした。スキンヘッドの男は凍りついた表情で、仲間に目配せした。金髪男が立ち上がる。

「逃げたら、二人とも傷害容疑で所轄署に引き渡すぞ」

「旦那、大目に見てくれませんか。兄貴にしつこくみかじめ料を集めてこいと言われたんで、おれたちは仕方なく……」

「オーナーにちゃんと謝罪するなら、今回は見逃してやろう。雑魚を検挙ても、手柄にならないからな」

「謝りますよ、詫びを入れるっす」

スキンヘッドの男が石津に言い、貴船に手を差し延べた。

貴船が相手の手を荒っぽく払って、自分で立ち上がった。スキンヘッドの男は困惑顔になりながらも、貴船に深々と頭を下げた。金髪男がそれに倣う。

「堅気に迷惑かけるようだったら、赦さないぞ。わかったなっ」

貴船がスキンヘッドの男に言った。スキンヘッドの男は大きくうなずき、ほどなく連れと去った。

「急いでコーヒーを淹れるよ」

「せっかくですが、行かなければならないところがあるんですよ。プレイ代はいくらになります？」

石津は訊いた。

「きみにさっきの二人を追っ払ってもらった。お金なんか取れないよ」

「しかし、それでは商売にならないでしょ？」

「いいんだ、いいんだ。気が向いたら、また寄ってくれないか」

「はい。そのうち何かで埋め合わせします」

「そういう気遣いは無用だよ」

貴船が手をワイパーのように動かした。

石津は『ブレイクショット』を出た。秋の夜風が心地よい。東口から南口商店街に回る。南口商店街の中ほどに、行きつけの居酒屋があった。『漁火』という店名で、大人向けの落ち着ける酒場だった。

三十九歳の石津は、警視庁刑事部長直属の極秘捜査官である。非公式に捜査本部事件の支援活動を単独で担っていた。

特別手当の類は付かないが、捜査費は自由に遣える。ありがたいことだ。任務中は拳銃の常時携行を特例として許されている。

ただ、専用覆面パトカーは貸与されていない。もっぱらレンタカーを利用していた。

石津は目黒区内で生まれ育った。都内の有名私大を卒業して、警視庁採用の一般警察官になった。

幼いころから、割に正義感は強かった。しかし、何か思い入れがあって警察官を志願したわけではない。広告代理店に就職したかったのだが、どこも採用してくれなかった。それで、やむなく現在の職業を選んだのである。

石津は筋肉質の体躯で、いたって健康だ。柔道と剣道は、それぞれ三段だった。射撃術も上級だ。マスクは男臭い。

石津は一年半ほど交番勤務をしてから、刑事に昇任されて麻布署刑事課強行犯係を皮切りに数年ごとに所轄署を渡り歩いてきた。本庁捜査一課に異動になったのは、ちょうど三十歳のときだった。

以来、一貫して殺人、強盗、レイプといった凶悪犯罪の捜査を担当してきた。逮捕した殺人者は二十人を超える。

庁内では、敏腕刑事と目されていた。そんなことで少し気が緩んでいたのか、石津は一年数カ月前に偽情報に引っかかって連続殺人犯にまんまと高飛びされてしまった。

幸いにも数日後、逃げた被疑者の潜伏先を突き止めて逮捕することができた。だが、石津はペナルティーとして捜査二課知能犯係に異動させられた。

新しい職場は決してマイナーな部署ではなかったが、係長から主任に格下げになった。たいがい主任は警部補だ。

警部の石津は降格人事で傷ついた。強行犯係から外されたこともショックだった。石津は現場捜査にできるだけ長く関わっていたかった。内勤は苦手だった。

腐っているとき、なんの前ぶれもなく月村敬太郎刑事部長と尾崎伸吾参事官が打ち揃って石津の自宅マンションを訪れた。

月村警視長は五十二歳で、国家公務員総合職試験（旧Ⅰ種）にパスした警察官僚だ。エリートだが、少しも偉ぶらない。温厚な人格者である。

四十四歳の尾崎参事官は、刑事部長の参謀だ。参事官は国家公務員一般職試験（旧Ⅱ種）に合格した準キャリアで、職階は警視正だった。

職員を含めて二十九万七千人の警察社会を動かしているのは、六百数十人の警察官僚だ。石津は緊張しながら、月村に来意を問うた。

刑事部長は、石津に〝隠れ助っ人〟として捜査本部事件の支援活動をしないかと打診してきた。石津は一瞬、我が耳を疑った。

だが、空耳ではなかった。月村刑事部長は同じ言葉を繰り返した。尾崎参事官は黙って大きくうなずいた。

捜査現場に戻れるのは願ってもないことだった。当然、二つ返事で快諾（かいだく）した。そうした経緯があって、石津は刑事部長預かりの身になった。ほぼ一年前のことだ。

月村直属の捜査官になったからといって、刑事部長室に詰めているわけではない。表向きは病気で休職中ということになっていた。

出動指令が下（くだ）されなければ、毎日が非番と同じだった。登庁義務はなく、代々木上原（よよぎうえはら）にある自宅マンションで待機していた。

石津は、救いようのない犯罪者に接するときは非情に徹している。

自慢できることではないが、違法捜査も厭（いと）わない。場合によっては凶悪犯を半殺しにしてしまう。

アナーキーになったのは、四年前に妻が通り魔殺人事件の犠牲者になったことと無縁ではない。不幸な最期（さいご）を遂（と）げた亡妻は身重（みおも）だった。

妻と胎児をいっぺんに喪（うしな）った石津は、覚醒剤常習者の犯人を幾度も殺したい衝動に駆られた。しかし、現職の警察官である。さすがに報復殺人には走れなかった。

やり場のない怒りは、凶暴な犯罪者たちに向けられるようになった。自然な流れではないだろうか。

石津は反則技を重ねても、早く事件を解決させたいと願っている。法の番人として問題はあるだろうが、検挙率はきわめて高かった。

五、六分歩くと、馴染(なじ)みの酒場の軒灯(けんとう)が見えてきた。石津は足を速(はや)め、『漁火』に入った。

左手にL字形のカウンターが延び、通路の右側に小上(こあ)がりがある。テーブルは五卓だった。あちこちに常連客の姿が見える。中高年男性が多い。若者向けのチェーン居酒屋よりも料金はやや高いが、駿河(するが)湾で獲(と)れた魚介に外れはなかった。

石津は顔見知りの客たちと短い挨拶(あいさつ)を交わして、カウンター席の端に落ち着いた。常席だった。いつものように数種の酒肴(しゅこう)をオーダーし、麦焼酎のロックを傾けはじめる。

石津は週に三日は『漁火』に顔を出しているが、店の者や客と個人的なつき合いはしていない。むろん、誰にも刑事であることは明かしていない。

貴船は例外だった。素姓(すじょう)を隠しているのは、傷害事件や交通違反の揉(も)み消しを頼まれる恐れがあったからだ。

その点は自分でも生真面目(きまじめ)だと思う。しかし、堅物(かたぶつ)ではない。

石津は無性(むしょう)に柔肌(やわはだ)が恋しくなると、行きずりの女性と割り切ったワンナイトラブを娯(たの)しんでいる。愛煙家で、酒好きでもある。要するに、くだけた刑事だった。

石津は従業員や客たちと雑談を交わしながら、グラスを重ねた。刺身の五種盛りも悪くなかったが、鰧(おこぜ)の唐揚げは絶品だった。

石津は刑事用携帯電話(ポリスモード)と私物のスマートフォンを必ず持ち歩いている。ふだんは、どちらもマナーモードにしてあった。

懐でポリスモードが震動したのは午後九時過ぎだった。石津はごく自然に椅子から腰を浮かせ、奥のトイレに向かった。

ブースに入ってから、上着の内ポケットのポリスモードを取り出す。発信者は尾崎参事官だった。

「自宅にいるのかな?」

「いいえ、下北沢で一杯飲っていました。参事官、出動指令ですね?」

「そうなんだ。いつもの上海料理店の個室席で落ち合いたい。刑事部長も同席される。席を予約しておく。任務内容は会ってから話すよ」

「わかりました。三十分前後で指定場所に行けると思います」

石津は通話を切り上げ、トイレから出た。手早く勘定を払って、近くの茶沢通りまで急ぎ足で歩く。

石津は通りかかったタクシーを拾った。よく利用している上海料理店は、渋谷の宮益坂から一本横に逸れた通りにあった。人目につきにくい場所だった。

石津は二十四、五分で、目的の場所に着いた。個室席にはすでに刑事部長と参事官がいた。円卓には、酒も料理も供されていない。指令伝達が済んでから飲食することになっていた。それが習わしだった。

「毎回、急な呼び出しで悪いね」

月村刑事部長が済まなそうに言った。

「どうってことはありません。刑事部長、今度の事案は三週間ほど前に四谷署管内で発生した轢き逃げ事件ではないですか」

「いい勘してるな。その通りだよ。ま、掛けてくれ」

「はい」

石津は目礼し、月村刑事部長と向かい合う位置に坐った。月村の左隣には尾崎参事官が腰かけている。

「無灯火のエルグランドに撥ねられて亡くなった高瀬亮は警察学校の元教官で、三年あまり前に早期退職して防犯コンサルタントになった。享年五十八だったかな。きみも教え子のひとりだったんじゃないのか？」

「ええ、そうなんですよ。高瀬さんは指導面では厳しい方でしたが、覚えの悪い者には嚙み砕いて理解できるまで根気よく……」

「人間的な温かみがあったんで、教え子たちには慕われてたようだね。高瀬元教官は企業に防犯対策を提言するだけではなく、犯罪ジャーナリストとしても活躍してた。それから、テレビのコメンテーターもやってたな」

「そうでしたね。高瀬さんの死は状況から他殺で間違いないと判断されたので、四谷署に捜査本部が設置されました。それで、捜一の殺人捜査第七係の面々が出張ったんでしょう？」

「そうなんだ。犯行に使われたエルグランドは事件現場から数キロ離れた場所に乗り捨てられてたんだが、盗難車だった。大きな手がかりを摑めないうちに、いたずらに三週間が過ぎてしまった。いまも犯人の絞り込みに至っていない」

「そうみたいですね」

「この調子では、第一期の一カ月で事件を落着させることは無理だろう。下手(へた)したら、第四期ぐらいまで空回りしそうだな。そうなったら、四谷署の年間予算は大きく減ってしまう」

「ええ、捜査本部の活動経費は所轄署が負担する決まりになっていますからね」

「せめて第二期内に片をつけないとな。そんなわけで、また石津君にひと働きしてもらいたいんだ」

「被害者(マルガイ)は恩師ですので、弔(とむら)い捜査のつもりでベストを尽くします」

「よろしく頼むよ。鑑識写真と事件調書を石津君に渡してくれないか」

月村が、かたわらの尾崎参事官に顔を向けた。尾崎が短い返事をして、黒いファイルを卓上に置く。

「捜査の流れがすぐわかるようにファイリングしておいた。捜査資料をじっくり読み込んで、できるだけ早く単独の支援捜査に取りかかってほしいんだ。拳銃、警棒、手錠などは後で渡そう」

「わかりました。捜査資料をしばらくお借りします」

石津はファイルを引き寄せ、膝の上に載せた。鑑識写真の束は、表紙とフロントページの間に挟んであった。その半数は死体写真だろう。二十数葉はありそうだ。

石津は円卓の下で、まず死体写真を繰りはじめた。

四谷三丁目の裏通りの路上に俯せに倒れた高瀬元教官は、両耳から多量の血を垂らしていた。血糊はポスターカラーを連想させた。

頭部の約半分が陥没し、肩口にはタイヤ痕がくっきりと刻まれている。ほぼ即死だったにちがいない。

石津は痛ましい死体写真のすべてに目を通し、次に事件現場付近の路面写真を手に取った。塗膜片が散見できるが、バンパーなどは落ちていなかった。

高瀬元教官は硬骨漢だった。持ち前の正義感が災いを招いてしまったのか。恩師の無念を思うと、石津は胸を締めつけられた。

「ビールと料理を運んでもらおうか」

尾崎が呟くように言って、卓上の呼び鈴を鳴らした。

石津は事件調書の文字を目で追いはじめた。

黒いファイルを閉じる。

2

石津は目頭を軽く押さえた。自宅マンションだ。

午前十時前である。石津は朝食を摂ると、リビングソファに腰かけて捜査資料を読んだ。二度目だった。昨夜、帰宅すると、石津は尾崎参事官が集めてくれた捜査資料をじっくりと読み込んだ。

きょうの分を加えれば、関係調書に三度も目を通したことになる。事件の経過は把握できた。

高瀬亮が四谷三丁目の裏通りで無灯火のエルグランドに轢き殺されたのは、去る九月十四日の午後十一時四十分ごろだった。

近くのマンションに住む四十代のサラリーマンが衝突音を耳にして、ベランダから眼下の通りを覗いた。すると、路上に被害者が俯せに倒れていた。加害車輌は猛スピードで表通りに向かっていたそうだ。

事件の目撃者は急いで一一〇番通報した。

十台近い警察車輌と救急車が事件現場に急行したが、すでに被害者の高瀬は心肺停止状態だった。搬送された救急病院で蘇生医療が施されたが、被害者の命は燃え尽きてしまった。

亡骸はいったん四谷署に安置され、翌日、東京都監察医務院で司法解剖された。死因は轢死だった。警察は加害車輌が無灯火だったことから、謀殺と断定した。その通りだろう。

四谷署の要請を受けて、警視庁は捜査本部を設置した。出張った本庁捜査一課殺人犯捜査第七係の十四人は所轄署刑事たちと地取りと鑑取りに励んだ。犯人の遺留品は見つからなかった。

捜査本部は、防犯コンサルタント業務で何かトラブルがあったのではないかと筋を読んだ。被害者が顧問を務めている二十数社に探りを入れたが、不審な点はなかった。

犯罪ジャーナリストの仕事で、高瀬は逆恨みされたのかもしれない。捜査本部はそうも推測し、取材対象の団体や個人の洗い出しに力を注いだ。

その結果、高瀬が数カ月前から文部科学省の科学技術・学術政策局の伏見賢司局次長、五十一歳を断続的にマークしていたことがわかった。捜査本部は伏見が裏口入学ブローカーとして暗躍している事実を調べ上げた。

伏見は国からの助成金給付話をちらつかせて、十四校の有名私大に知人の子女を裏口入学させ、総額で一億数千万円の謝礼を合格者の親から受け取った疑いが濃かった。

東京地検特捜部も伏見の犯罪を暴くべく、内偵捜査に取りかかっていた。捜査本部は東京地検に先を越されることを嫌い、立件材料集めを急いだ。

だが、状況証拠しか掴めなかった。物的証拠を握らなければ、伏見は不起訴になるかもしれない。

捜査本部は慎重にならざるを得なかった。キャリア官僚が裏口入学ブローカーで汚れた金を得ていたことが事実なら、致命的な犯罪だろう。捜査本部は伏見の私生活を徹底的に調べた。

高級官僚は連夜のように銀座や赤坂の一流クラブを飲み歩き、六本木の違法カジノにも出入りしていた。国家公務員の俸給は割に高い。

とはいえ、富裕層とは言えないだろう。伏見が豪遊できるのは、何か裏仕事で高収入を得ていたからにちがいない。捜査本部の面々は、裏口入学をしたと思われる学生と父母に鎌をかけた。しかし、誰ひとりとして引っかからなかった。

捜査本部は違法カジノでポーカーに興じていた伏見を事情聴取して、大胆に追い込んでみた。

伏見は少しもうろたえなかった。親の遺産で派手な夜遊びをしているだけだと言い切り、裏口ブローカーで甘い汁を吸っているという噂は悪質なデマだと顔をしかめた。

デマを流した人物に心当たりがあると、伏見は個人名を明かした。捜査本部はすぐに裏を取った。かつての部下がパワーハラスメントを繰り返していた伏見を陥れたくて、怪文書をあちこちにばら撒いたようだ。捜査本部は伏見は高瀬の事件には関与していないと判断した。

　言うまでもなく、事件当夜のアリバイ調べは怠らなかった。事件当夜、伏見は出張で札幌のホテルに泊まっていた。ネットの闇サイトにアクセスして、誰かに代理殺人を依頼した気配もうかがえなかったようだ。

　捜査資料を読み終えたが、石津は伏見をシロと判断したのは早計だったのではないかと感じた。捜査に手抜かりはなかったのだろうか。

　殺された高瀬は、伏見がダーティー・ビジネスをしていると怪しんだ根拠を得ていたと思われる。伏見が自己保身のため、第三者に高瀬の口を封じさせたと疑えないこともない。初動捜査が甘かったのではないか。念のため、伏見を調べ直す必要はありそうだ。

　捜査資料によると、高瀬は年配者をカモにして投資詐欺を働いている疑いのある関東仁和会の企業舎弟も密かに取材していたらしい。関東仁和会は首都圏で五番目に位置づけられている暴力団だが、武闘派揃いだった。

　高瀬が投資詐欺を暴く気でいたら、口封じをする気になるかもしれない。捜査本部は当然、被害者の妻子に真っ先に聞き込みをした。

　故人は妻にも息子にも、仕事のことは一切話さなかったようだ。ジャーナリスト仲間や雑誌編集者にも、めったに取材内容は喋らなかったのではないだろうか。

捜査本部は問題の企業舎弟『ハッピー・エンタープライズ』の周辺を嗅ぎ回った。高齢者たちが嘘の投資話で泣かされたことは事実だったが、仕返しを恐れて被害届を出す者はいなかった。

正義感の塊のような高瀬は年寄りを苦しめた企業舎弟をペンで告発する気で、『ハッピー・エンタープライズ』の犯罪を立証しようとしたのだろうか。だが、決定的な証拠を摑む前に何者かに車で轢き殺されてしまった。

関東仁和会の企業舎弟が高瀬を闇に葬ったと疑いたくなるが、『ハッピー・エンタープライズ』の関係者はシロだったらしい。何か抜けがあって、真相に迫れなかったのではないか。改めて調べ直したほうがいいだろう。

石津は紫煙をゆったりとくゆらせてから、外出の支度に取りかかった。

1LDKの自室は五階にある。借りているマンションは六階建てだった。石津は戸締りをして、五〇五号室を出た。エレベーターで一階に下り、代々木上原駅方向に進む。

駅の手前にレンタカーの営業所がある。石津は現在、マイカーは所有していないが、自宅マンションの地下駐車場を借りている。任務でレンタカーを一週間ほど連続で借りることがあった。そんなときは、借りた車を自宅マンションの駐車場に置いていた。

石津はレンタカーの営業所で運転免許証を見せて、灰色のプリウスを借りた。

目立つ車は張り込みや尾行に向かない。プリウス、カローラ、ノートなどを借りることが多かった。支援捜査で地方に出かけるときはクラウンを選ぶ。

石津はプリウスに乗り込み、四谷の事件現場に向かった。

単独捜査の初日には必ず犯行現場を踏む。事件現場に何か遺留品があるかもしれないと期待しているわけではない。被害者の無念を感じ取って、刑事魂を奮い立たせるのが目的だった。

石津は近道を選びながら、目的地に急いだ。三十数分で事件現場に到着した。プリウスを路肩に寄せ、運転席を離れる。

鑑識写真で、高瀬が轢き殺された場所の見当はついていた。石津はそこまで歩き、路面を眺めた。事件の痕跡は目に留まらなかった。

石津は屈んで合掌した。

そのとたん、ありし日の恩師の姿が脳裏に浮かんだ。感傷的になる前に石津は立ち上がった。無駄を承知で、付近で聞き込みを重ねる。

事件当夜、車の衝突音を耳にした住民は三人ほどいたが、走り去るエルグランドを目撃した者は事件通報者だけだった。

初動捜査で警察は事件現場一帯の防犯カメラの映像をチェックした。エルグランドを捉えた映像は複数あったが、運転席に坐った犯人がまともに映っているメモリーはなかった。

石津はレンタカーに戻り、目黒区上目黒二丁目にある被害者宅に向かった。

高瀬の妻は志帆という名で、五十六歳だ。特に仕事には就いていないようだから、この時刻なら自宅にいるだろう。ひとり息子の博嗣は三十歳で、大手自動車部品会社の名古屋支社で働いている。まだ独身だった。

高瀬宅を探し当てたのは午前十一時半近かった。ごくありふれた二階家で、敷地は四十坪そこそこだった。

昼飯時だが、石津はレンタカーを高瀬宅のブロック塀の際に停めた。すぐに車を降り、被害者宅のインターフォンを鳴らす。

ややあって、スピーカーから女性の声が流れてきた。

「どちらさまでしょう？」

「警視庁の石津と申します。高瀬元教官の奥さんですね」

「はい。志帆です。捜査本部の方なのかしら？」

「支援要員です。正規の捜査員ではなく、刑事部長の指示で側面捜査をしてるんですよ。わかりやすく言いますと、助っ人刑事です。捜査にご協力願えますでしょうか」

「ええ、もちろんです。インターフォン越しの遣り取りではなんですので、どうぞお入りください」

れた。

「お邪魔します」

石津は門扉を潜り、短いアプローチを進んだ。ポーチに達すると、玄関のドアが開けら
応対に現われた高瀬の妻は、幾分やつれて見えた。悲しみとショックがまだ尾を曳いて
いるのだろう。石津は警察手帳を呈示した。

「どうぞお上がりになってください」

「実は警察学校で、高瀬さんにいろいろ教えていただいたんですよ」

「あら、教え子の方だったの」

「はい。ご主人のお骨はまだご自宅に？」

「ええ、奥の仏間にね。四十九日になっても、まだ納骨はしたくないの。犯人が捕まるまで、家に遺骨を置いておくつもりです」

「供物も携えずに訪問してしまいましたが、故人にお線香を上げさせてもらえますか？」

「ええ、どうぞ。亡くなった夫も喜ぶと思います」

「それでは、ちょっと失礼します」

「こちらなんですよ」

志帆が先に玄関ホールに上がり、石津を奥の仏間に導いた。

八畳の和室だった。祭壇がしつらえられ、遺影と骨箱が置かれていた。たくさんの供物

と花に囲まれている。

　石津は志帆に一礼して、祭壇の前で正坐した。しばし遺影を見つめてから、線香に火を点ける。石津は目を閉じ、両手を合わせた。故人の冥福を祈って、合掌を解く。

「ありがとうございました」

　斜め後ろに控えていた志帆が三つ指をついて、深々と頭を下げた。

「お悔み申し上げます。当分お辛いでしょうが、どうか悲しみを乗り越えてくださいね」

「ええ、そうしませんと……」

「早速ですが、捜査資料によりますと、高瀬さんは教官時代からご家庭では仕事の話は全然しなかったようですね」

「ええ、そうでした。現場捜査に携わっていたわけではないのだから、少しは仕事のことに触れても問題はなかったと思うんですけどね。高瀬は融通が利かない人間だったんですよ」

「早期退職されて防犯コンサルタント兼犯罪ジャーナリストになってからも同じだったんですか？」

　石津は確かめた。

「ええ、そうなのよ。だから、捜査本部の方に高瀬が文科省の高官が裏口入学ブローカーをやってるかもしれないと怪しんでたと聞かされて、とても驚きました」

「ご主人は、他にも、関東仁和会の企業舎弟が高齢者たちから嘘の投資話で大金を詐取してる疑いがあると断続的に取材してたようなんですよ。そのことはご存じでした？」

「いいえ、まったく知りませんでした。でも、夫は曲がったことが大嫌いでしたので、悪事を働いてる人間をとっちめてやりたいと常に考えていたんでしょう」

「そうなんだと思います。これまでの捜査によると、高瀬さんは同業のジャーナリストや雑誌編集者にも取材に関することはまず話さなかったみたいですね」

「夫は苦い思いをさせられたんですよ。親しくなったフリージャーナリストに追いかけているテーマを喋ったばかりに、スクープ種を横奪りされてしまったんです。それで、ちょっと人間不信に陥っちゃったみたいなの」

「スクープを横奪りされたら、誰もそうなるんではありませんか」

「そうでしょうかね」

「高瀬さんは週に一度、関東テレビの『ニュースオムニバス』にコメンテーターとして出演されていましたでしょ？」

「ええ」

「番組のプロデューサーかディレクターにも、取材に関することは教えなかったんでしょうか」

「さあ、どうだったのかしら。保科潔という担当プロデューサーとは同じ五十代なんで、時々、お酒を飲んでたようですよ。保科さんは五十三だったと思います」

「その番組プロデューサーなら、高瀬さんから何か聞いているかもしれませんね」

「どうなんでしょう？　そうなら、保科さんは聞いた話を捜査本部の方に喋ってるのではないかしら」

「報道担当のプロデューサーなら、スクープになりそうな取材内容を捜査員に話すとは思えません」

「夫の代わりに、ご自分がスクープを……」

「多分、そう考えるでしょうね。新聞ほどではないでしょうが、テレビの報道合戦も凄（すさ）まじいんではないでしょうか。高視聴率を稼げそうなニュース種を四六時中、探しているにちがいありません」

「でしょうね」

志帆が同調した。

「仮に高瀬さんが絶対にビッグニュースになりそうな事件を単独で潜行取材していたら、こっそり横奪りしてスクープしたいと考えると思います。その保科というプロデューサーに会ってみますよ。それはそうと、ご主人の遺品の多くは警察に貸したままなのでしょう？」

「ええ、そうなの。でもね、すべての遺品を捜査員の方に渡したわけじゃないんですよ」

「そうなんですか」

「二階にある夫の書斎に取材ノート、録音データ、写真なんかを取材項目別にキャビネットに入れてあるんですよ。捜査員の方たちがキャビネットの中身を検めたんだけど、ざっと覗いたきりだったの」

「ひょっとしたら、大きな手がかりになるような録音音声、動画、写真なんかが残ってるかもしれませんね」

「夫が仕事に使っていた部屋を覗いてみます？」

「ご迷惑でなければ、そうさせてください」

「遠慮なく部屋にある物をチェックしてちょうだい」

「感謝します」

石津は立ち上がった。志帆も腰を上げ、先に仏間を出た。階段は玄関ホールの端にあった。

志帆が案内に立つ。故人の仕事場兼書斎は南側に面した角部屋だった。十畳ほどの広さで、両袖机、書棚、スチールキャビネットが並んでいる。

二つの書棚は犯罪ノンフィクション関係の単行本と犯罪心理学の専門書で、ほぼ埋まっていた。死刑囚の手記も五、六冊あった。

「わたし、階下にいます。何かご用があったら、声をかけてくださる？」

「わかりました」

「後で粗茶を差し上げます」

「どうかお構いなく……」

「お茶を差し上げるだけですよ」

志帆が言って、部屋から出ていった。

石津は両手に白い布手袋を嵌めた。素手で被害者の遺品に触れたら、指紋や掌紋が付着する。捜査本部の者が残りの遺品を借りに来ないとも限らない。現職警察官の指掌紋はデータベース化されていて、警察庁に登録されている。

石津が遺品をチェックしたことを知ったら、正規の捜査員はなんとなく面白くないだろう。隠れ捜査には、それなりの気遣いが必要だった。

石津は最初に両袖机の引き出しの中身を細かく調べた。

しかし、高瀬の死と繋がりそうな物は何も見つからなかった。次にスチールキャビネットの中を覗く。夥しい数の音声データがあったが、手がかりになりそうな物は目に留まらない。

デジタルカメラの動画や静止画を再生してみる。やはり、徒労に終わった。

石津は書棚の単行本を一冊ずつ手に取り、頁を捲ってみた。棚の裏側にも指先を伸ばしてみたが、何も隠されていなかった。

石津は長嘆息して、布手袋を外した。たいていの捜査は無駄の積み重ねだ。もどかしい作業も手を抜いたら、事件の解決には結びつかない。何よりも根気が必要だった。

「チェックが終わりました」

石津は大声で告げながら、階下に戻った。

ちょうどそのとき、ダイニングキッチンから志帆が姿を見せた。

「いま、お茶を淹れるとこだったんですよ。居間で少し待っててくださる？」

「先を急ぐので、これで失礼します」

「教え子に粗茶も出さなかったら、故人に叱られるわ」

「次の機会にいただきます。ご協力、ありがとうございました」

石津は目礼して、靴を履いた。

ポーチに出て、表に出る。石津はレンタカーの運転席に乗り込み、すぐに発進させた。

高瀬宅から数百メートル離れ、プリウスをガードレールに寄せる。

石津は黒いファイルを開いた。高瀬と交流のあったフリージャーナリストや雑誌編集者の連絡先を確認しながら、五人に電話をかける。

捜査資料に記された通りだった。高瀬の直近の取材テーマを知る者はいなかった。

どこかで昼食を摂って、関東テレビの保科プロデューサーを訪ねることにした。

石津はレンタカーを穏やかに走らせはじめた。

3

少し焦れてきた。

石津は右手の指先でテーブルを叩きはじめた。赤坂にある関東テレビ報道局社会部の小会議室で、『ニュースオムニバス』の担当プロデューサーを待っていた。

午後二時過ぎだった。石津はJR目黒駅近くのレストランでランチセットを食べ、レンタカーのプリウスでテレビ局にやってきたのだ。

受付嬢に保科潔プロデューサーとの面会を求めたのは、かれこれ三十分ほど前だった。石津は六階の報道局フロアに上がり、保科に声をかけた。保科は石津を奥の小会議室に案内すると、少し待ってほしいと言った。石津は快くうなずいた。

それから、二十五、六分が過ぎている。プロデューサーは多忙なのだろうが、待たせすぎではないか。

「長いことお待たせして申し訳ありません」

保科プロデューサーが詫びつつ、小会議室に飛び込んできた。肩を弾ませている。

「忙しいようですので、出直しましょうか」

「長く待たされたんで、怒ってらっしゃるんでしょうね。来訪者を待たせるのは失礼なことですが、やむを得なかったんですよ」

「何かあったんですか？」

石津は訊いた。

「ええ。右翼団体の代表と名乗る男が局内に時限爆弾を仕掛けたと電話をしてきたんです。先日、ニュースキャスターが憲法に関することで偏った発言をしたのはけしからんと文句を言ってきたんですよ」

「その対応に追われてたわけですか」

「ええ、そうなんですよ。そういうことですので、どうかご勘弁願います」

「わかりました。それで、局内に時限爆弾装置は仕掛けられてたんですか？」

「はい、二カ所の男性用トイレのブースにね。ですが、タイマーは見つかりませんでした。威しの爆破予告だったんでしょう」

「ストレスだらけの世の中だから、どこかの愉快犯の仕業なのかもしれませんね」

「脅迫電話をかけてきたのは、関西のエセ右翼でした。五千万円出せば、番組でニュースキャスターに謝罪させなくてもいいと取引を持ちかけてきたんですよ。断固、拒絶しました」

「そうですか。で、相手はどんなリアクションを見せました？」

「いろいろ悪態をつきましたよ。だから、いま警察の鑑識係が爆破装置の指掌紋を検出中だと言ってやりました。そうしたら、相手は焦(あせ)って電話を切りましたね。それで、一件落着です」

保科が勝ち誇ったように言い、長いテーブルの向こうの椅子に腰かけた。石津とは向かい合う形だった。

「高瀬さんの事件、難航してるようですね」

「そうなんですよ。それで、こっちが支援要員として駆り出されたんです」

「えーと、石津さんでしたよね？」

「そうです」

「当然、捜査資料には目を通されていますよね」

「もちろんです。捜査本部は殺害された被害者が文科省高官が裏口入学ブローカーとして裏で暗躍しているのではないかと怪しみ、断続的に伏見賢司局次長の動きを探ったようなんです」

「そのことは生前、高瀬さんから聞きました。詳しい話はしてくれませんでしたが、伏見というエリート公務員は十四校の大学に知り合いの子女を裏口入学させて、一億何千万円かの裏収入を得ている疑いがあるんだと言ってましたよ。どうだったんですかね」

「そういう疑いはあったようですが、その後の調べで伏見にほぼ同額の遺産が入ったことがわかったんですよ。それで、公務員が銀座や赤坂の高級クラブに夜な夜な通えたんでしょう」

「ええ、多分ね。警察は伏見は高瀬さんの事件には関与してないと判断したのか。果たして、そうなんでしょうか」

保科が首を傾(かし)げた。

「あなたは、まだ伏見賢司を疑っているようですね。その根拠はおありなんですか？」

「実は、『ニュースオムニバス』の取材スタッフに伏見の私生活を調べさせたんですよ。伏見の母親が一年ほど前に病死したので、杉並(すぎなみ)の実家を売却して姉と一億三千万ほどそれぞれが相続したことは事実でした」

「そうですか」

「しかし、相続税、土地の譲渡所得税、住民税などで五千万ほどの税金を払わなければならなかったんです」

「ええ、そうでしょうね」

「遺産の手取り額は八千万円前後です。高額な臨時収入が懐(ふところ)に転がり込んできたからって、公務員が浮かれて盛り場で豪遊するでしょうか」

「親の遺産もあるんで、少し伏見は羽目を外したくなったのかもしれませんよ。小さいころから勉学にいそしんで、東大法学部を出てキャリア官僚になったんです。青春時代は禁欲的な日々だったでしょうから、まったく女遊びなんかしてなかったと思われます」

「ええ、多分。金銭的な余裕があれば、多くの男たちは女性に走りますからね？」

「そういう傾向はあると思います」

「伏見が親の遺産でクラブ活動に熱心になって、お気に入りのホステスに入れ揚げるでしょうか。キャリア官僚は冷徹に損得を考えながら、ずっと生きてきたにちがいありません」

「そうなんでしょうね。保科さんはエリート官僚が遺産で成金みたいなことはしないのではないかとお考えなんでしょう？」

「はい、そう思います。成り行き任せで生きてる人間はキャリア官僚なんかめざさないんじゃないかな」

「言われてみれば、確かにね。文科省の伏見局次長は裏口入学ブローカーで汚れた金を稼いでたんでしょうか」

「その疑いは拭えないでしょう。うちの社会部記者が、伏見が銀座の『エルドラド』という高級クラブに通い詰めてる事実を摑んだんですよ。どうもお気に入りのホステスがいるみたいだな。その彼女が誰なのかはわからなかったと言ってましたが……」

「そのクラブは、どのへんにあるんです？」

「銀座七丁目の並木通りに面した飲食店ビルの八階にあります。うちの記者が『エルドラド』のホステスや黒服に接近して、伏見の指名ホステスの名を聞き出そうとしたんですが、一様に口が堅かったそうです」

「高級クラブの従業員たちは、客のことをあれこれ喋ってはいけないとオーナーやママから言われてるんでしょう」

石津は言って、テーブルの下で脚を組んだ。

「捜査の素人が口幅ったいことは言えませんが、伏見はやっぱり怪しいですよ。といっても、エリート官僚が高瀬さんを無灯火の盗難車で轢き殺したんではないでしょうがね」

「まだ報道されていませんが、伏見のアリバイは成立してるんですよ」

「それなら、殺し屋か裏便利屋を雇って高瀬さんを殺らせたのかもしれないな」

「そうなんでしょうか。高瀬さんは関東仁和会の企業舎弟が高齢者を投資詐欺のカモにしているのではないかと取材してたみたいなんですが、ご存じでした？」

「ざっくりとした話は聞いていました。そのフロントは、『ハッピー・エンタープライズ』という社名でしょ？」

「ええ、そうです。捜査資料によりますと、社長の赤塚努、四十六歳は関東仁和会の金庫番で、商才があるようですね。有名私大の商学部を出てるんで、商法を識り尽くしてるみたいだな。それで、合法的に中小企業の経営権を握って商品取り込み詐欺、手形のパクリ、不動産の転売で荒稼ぎしてきた。それでもバックの暴力団に発破をかけられたんで、老人たちに架空の投資話を持ちかけて虎の子をごっそり吸い上げるようになったんでしょう」

「高瀬さんはオレオレ詐欺でお年寄りを泣かせてる奴らは、絶対に赦せないとよく言ってました。わたしも同感ですね。社会的弱者を喰いものにしてる連中は、それこそ人間の屑ですよ」

「こちらも、そう思っています。『ハッピー・エンタープライズ』も捜査対象になったんですが、結局、シロということになりました。番組の取材スタッフは、『ハッピー・エンタープライズ』を調べてみなかったんですか？」

「一応、調べさせました。高瀬さんは投資詐欺の証拠固めをしてる様子でしたんでね。しかし、うちの記者は確証を摑めなかったんですよ」

「そうだったんですか。赤塚社長は悪知恵が発達してるにちがいありませんから、尻尾を誰にも摑まれないようにしてるんでしょう」

「差し出がましいでしょうが、文科省の伏見局次長と『ハッピー・エンタープライズ』を洗い直したほうがいいかもしれませんよ」

保科が言って、左手首の腕時計に目をやった。そろそろ引き揚げてほしいというサインだろう。

石津は謝意を表し、椅子から立ち上がった。保科も腰を浮かせる。

「故人とは同じ五十代でしたので、よく二人で酒を酌み交わしてたんですよ」

「そうらしいですね。高瀬さんの奥さんも、そうおっしゃっていました。ですので、高瀬さんがあなたに取材内容を喋ってるのではないかと推察したわけです」

「期待外れだったのかもしれませんよ。高瀬さん、スクープになりそうな種は教えてくれなかったんです。もしかしたら、わたしの想像を超える特種を摑んで、潜行取材をしてたのかもしれないな。それが何だったのかは見当つきませんけどね」

「そうですか」

「石津さんは故人と面識がおありだったんですか？」

「警察学校のときの教官だったんですよ、高瀬さんは。特に親しくしていたわけではありませんでしたが、恩師であることは確かです」

「教え子の石津さんが事件の真相に迫ってくれたら、亡くなった高瀬さんも浮かばれると思います。大変でしょうが、頑張ってください」

「はい。貴重なお時間を割いていただき、ありがとうございました」

石津は小会議室を出て、報道フロアの出入口に足を向けた。エレベーターに乗り込み、地下一階の大駐車場にまで下りる。

石津はプリウスの運転席に坐り、捜査資料のファイルを手に取った。夜にならなければ、銀座の『エルドラド』は誰もいないだろう。石津は先に関東仁和会の企業舎弟の赤塚社長に揺さぶりをかけてみる気になったのだ。

捜査資料で、『ハッピー・エンタープライズ』のオフィスが西新宿にあることは確認している。石津は所番地を頭に刻みつけて、レンタカーのエンジンを始動させた。

その直後、上着の左の内ポケットで刑事用携帯電話(ポリスモード)が震えた。

石津はポリスモードを摑み出し、ディスプレイを見た。電話をかけてきたのは尾崎参事官だった。

「支援捜査に取りかかってくれたね?」

「ええ。被害者(マルガイ)の奥さんと関東テレビの保科プロデューサーに会いました。しかし、大きな手がかりは得られませんでした」

石津はそう前置きして、経過をつぶさに報告した。

「まだ初日なんだから、焦ることはないよ。一時間ぐらい前に捜査本部に詰めてる担当管理官から連絡があって、新宿(しんじゅく)署長宛に密告情報が寄せられたそうなんだ。渋谷のネットカフェからフリーメールが送信されたらしいんだよ。フリーメールには、高瀬亮を盗難車で轢き殺させたのはプロボクシングの有名興行師の陣内武士(じんないたけし)、六十二歳だと打たれてたそうだ」

「陣内は怪しげなプロモーターとして、何度も週刊誌に取り上げられましたよね。世界バンタム級のタイトルマッチで八百長試合を仕組んで、年齢的に限界に近づいてたチャンピオンを勝たせてやったんじゃありませんでしたか?」

「ああ、そうだったね。挑戦者はチャンピオンのファイトマネーの半分を貰えるという餌に釣られて、わざと負けた。まともにファイトしてれば、新しい王者になれたんだろうが、金の魔力には克てなかったようだ」

「そのチャレンジャーはフィリピンの貧しい家庭で育ったんで、金銭欲が人一倍強かったんでしょう」

「そうなんだろうね。ホセ・ミゲルという挑戦者は多額のファイトマネーを得て、両親に豪邸をプレゼントしてやったそうだ」

「孝行息子のミゲルはそれから間もなく、頭部に銃弾を浴びて二十六歳の若さで世を去ったんでしたよね」

「そうなんだ。捜査資料として借り受けた高瀬元教官のスクラップノートにホセ・ミゲルの死を伝える新聞の切り抜きが挟まってたんで、虚偽情報とは決めつけられないな。元教官は、ミゲルの死にプロモーターの陣内が絡んでる疑いがあると睨んでたようだからね」

「その裏付けは？」

「捜査班のメンバーが高瀬亮の仕事関係の者たちに聞き込みをして、元教官が陣内を怪しんでたという証言を複数人から得たんだ」

「そうなんですか。しかし……」

　石津は言いさして、黙り込んだ。

「しかし、何かな？ 石津君、わたしに遠慮はいらないぞ。捜査本部（チョウバ）の筋読みにうなずけないんだったら、はっきり言ってくれないか」

「わかりました。ホセ・ミゲルが何者かに射殺されたのは、およそ一年前でした。プロモーターの陣内が八百長試合を仕組んだと噂されてたのは二年も前のことでしょ？」

「ああ、そうだったね。陣内が八百長試合の生き証人のホセ・ミゲルの口を封じたいと思っていたら、もっと早く犯罪のプロに代理殺人を依頼するだろうな」

「だと思います。高瀬さんは陣内がホセ・ミゲルの事件に関わってると確信していたら、もっと以前に告発してたでしょう」

「ああ、そうするだろうね。高瀬元教官は陣内を疑った時期があったんだろうが、その後、とかく悪い噂のあるプロモーターはホセ殺しにはタッチしてないという心証を得たんだろうか」

「ええ、そうなんでしょう。高瀬さんは、陣内がバンタム級の世界タイトルマッチで八百長を仕組んだ事実の証拠固めをして、総合月刊誌、スポーツ紙、週刊誌に寄稿するつもりでいたんじゃないですか」

「考えられるね。陣内は、保守系の大物政治家や闇社会の首領（ドン）と親しくしてる。高瀬元教官の企画と原稿を引き受けるメディアがなかったのかもしれないぞ」

「そうだったんでしょうか。そうだとしたら、陣内が高瀬さんの命を狙う必要はないわけです」

「そうなるな。高瀬元教官を亡き者にした真犯人が捜査の目を自分から逸らしたくて、プロモーターの陣内に罪をなすりつけようと画策したんじゃないだろうか」

「多分、そうなんでしょう」

「担当管理官は密告メールを真に受けて、陣内の行動確認をさせると言っていたが、それは時間の無駄になりそうだな」

「興行プロモーターは捜査対象から外してもいいでしょう」

「捜査一課長経由で、担当管理官に作戦を変更するよう指示しよう」

尾崎参事官が通話を切り上げた。

石津はポリスモードを懐に収め、レンタカーを走らせはじめた。テレビ局を出て、公衆電話ボックスを探す。『ハッピー・エンタープライズ』の赤塚社長にポリスモードや私物のスマートフォンで連絡をするわけにはいかない。

携帯電話やスマートフォンが普及してから、公衆電話がめっきり少なくなった。いつも電話ボックスを見つけるのに苦労している。

十五分ほどプリウスを走らせると、ようやく電話ボックスが目に留まった。

石津は電話ボックスの真横に車を停め、すぐ運転席から出た。ガードレールを跨ぎ、電話ボックスの中に入る。石津は送話口にハンカチを被せてから、関東仁和会の企業舎弟に電話をかけた。受話器を取ったのは若い男だった。

「電話を社長の赤塚に回してくれ」

石津は意図的に横柄に言った。

「本部の理事の方なんですね。社長を呼び捨てにできる人間はそれほど多くありませんから」

「黙って電話を社長に回しな」

「は、はい」

相手が怯えた声で応じた。待つほどもなく、赤塚が電話口に出た。

「どなたです？　名乗っていただけないのでしたら、電話を切らせてもらいますよ。よろしいですね」

「紳士ぶるんじゃねえや。てめえがヤー公だってことはわかってるんだ。こっちも素っ堅気じゃねえんだ。互いに地を出そうじゃねえか」

「どこの筋を嚙んでるんだ？」

「おれは、やくざじゃねえよ」

「どっかの半グレか」

「そいつも外れだ。一匹狼の強請屋さ。大企業をはじめ中小企業の不正を嗅ぎつけて、しっかり口止め料をいただいてる。おれは捨て身で生きてるんだ。だから、企業舎弟にも遠慮はしないぜ」

「この会社は正業に励んでる。どこかの企業舎弟じゃない」

「シラを切っても、無駄だよ。こっちは『ハッピー・エンタープライズ』が関東仁和会のフロントだと知ってるんだ。いろいろダーティーなビジネスで荒稼ぎしてるよな。多少の悪さは見逃してもいいが、老人を投資詐欺のカモにしちゃいけねえな。そこまでやったら、もう人間じゃねえ」

「………」

「赤塚、聞いてるのかっ」

石津は声を尖らせた。

「ああ、聞いてる。あやつけても、金は出さねえぞ。何も疚しいことはしてないんでな」

「そんなふうに言い切らないほうがいいんじゃねえか。こっちは『ハッピー・エンタープライズ』が架空の地熱エネルギー開発事業に年配者に多額の投資をさせ、リターンを一円も払ってない事実の証拠を押さえてるんだ」

「はったりはよせ！」

「おれは、金と女に目がない悪徳弁護士とつるんでるんだよ。その弁護士先生が自分のとこの調査員を使って、投資詐欺の立件材料を集めさせたんだ。被害額は何百億円になるんだから、刑事告訴されたら、おたくは一巻の終わりだな」

「証拠を押さえたって!?」

「ああ、ブラフなんかじゃないぜ。出資者に全額返済して、おれたち二人に三億円の口止め料を払ってくれりゃ、おたくの悪事は大目に見てやってもいい」

「こっちの一存では即答できないな」

「駆け引きは好きじゃねえんだ。裏取引はやめようや」

「ま、待ってくれ。詐欺の証拠類は手許にあるのか」

赤塚が大きく溜息をついてから、早口で問いかけてきた。

「ほんの一部だが、いま持ってらあ」

「口止め料の前金として一千万の現金を渡すから、手持ちの恐喝材料を渡してくれないか。三億円を払ってもいいよ。これから、こちらに来てくれないか」

「そんな手に引っかかるほど甘くねえよ。後で電話をかけ直す。おれの指定する場所におたくひとりでくるんだ。荒っぽい奴らを連れてきたら、そっちの前途は真っ暗になるぞ」

「わかってる。指定された場所には単独で出向く。電話、待ってるよ」

「そうかい。それじゃ、また連絡すらあ」

石津はほくそ笑みながら、受話器をフックに掛けた。

赤塚だけを誘き出せるとは思えない。おそらく『ハッピー・エンタープライズ』の社長はボディガードを伴って、指定した場所に現われるだろう。危険な罠を仕掛けたわけだが、別に不安はなかった。

石津は電話ボックスを出て、レンタカーの中に戻った。どこに赤塚を誘い出すか。セブンスターを喫いながら、思案しはじめる。

4

指定した時刻が迫った。

あと六分で、午後七時半になる。石津は若洲海浜公園の植え込みの中に身を潜めていた。『ハッピー・エンタープライズ』の赤塚社長には、東京湾の際の遊歩道で待てと電話で指示をしてあった。

身の破滅を恐れた赤塚は、指示した場所に来るだろう。しかし、丸腰ではないはずだ。刃物か護身銃を懐に忍ばせているにちがいない。

それだけでは不安で、幾人かのボディガードを伴っているとも考えられる。そして、正体不明の脅迫者を弟分たちに生け捕りにさせるつもりなのではないか。

そういうことは想定内だった。石津はまったく怯えていなかった。凶暴な殺人犯にナイフや銃口を向けられたことは一度や二度ではない。烈しい銃撃戦の末に殺人者の身柄を確保したことさえある。身が竦むことはなかった。

若洲橋の方向から黒い車が走ってくる。

石津は目を凝らした。ベントレーだった。捜査資料には、疑惑を向けた人物の個人情報がまとめられていた。むろん、捜査対象者の顔写真も添えてあった。

石津は予備知識で、赤塚が英国製の高級車に乗っていることを承知していた。顔写真も眺めた。人違いすることはないだろう。

次第にヘッドライトが近づいてきた。

暗くて車内の様子はわからない。ステアリングを操っている者の顔も判然としなかった。

やがて、ベントレーが停まった。通りの向こう側にある若洲公園キャンプ場の出入口近くだった。季節外れとあって、キャンプ場の利用者はいなかった。ひっそりと静まり返っている。暗い。

ベントレーの運転席のドアが開けられた。

石津は闇を透かして見た。高級外車から降り立ったのは、赤塚社長だった。ビニール製の手提げ袋を持っている。中身は札束だろう。だいぶ重そうだ。

赤塚が遊歩道をたどって、指示通りに海側にたたずんだ。足許に手提げ袋を置き、視線を巡らせはじめた。

その直後、石津は不審な人影に気づいた。やくざっぽい大柄な男が中腰になりながら、せわしく植え込みを覗き込んでいる。おそらく赤塚の手下だろう。

石津は足音を殺しながら、大きく迂回して不審人物の背後に回り込んだ。相手に気づかれた気配はうかがえない。

石津は腰の41型伸縮式警棒を抜きかけたが、その手を止めた。ショルダーホルスターから、シグ・ザウエルＰ230Ｊを引き抜く。ダブルアクションの自動拳銃だ。

オリジナルはスイス製だが、日本でライセンス生産されている。刑事の大半には、この中型ピストルが貸与されていた。

制服警官たちには、Ｓ＆Ｗ社のＭ360のライセンス小型リボルバーが支給される。通称サクラだ。公安刑事や女性警官の多くは緊急時には小型拳銃を携行しているが、ふだんは携行していない。

石津が持ち歩いている自動拳銃にはいつも五発の実弾を装填してあった。フル装弾数は、薬室に予め送り込んだ初弾を含めて九発だ。原則として予備の弾倉は与えられていない。

石津は手動式の安全弁を外し、親指の腹で静かに撃鉄を掻き起こした。ダブルアクションだから、後は連射可能だ。

石津は不審者に忍び寄り、自動拳銃の銃口を相手の背中に突きつけた。

「騒いだら、撃ち殺すぞ」

「どこに隠れてやがったんだ⁉」

巨身の男が体を強張(こわば)らせた。石津は相手の体を手早く探った。意外にもアーミーナイフしか所持していなかった。

「おれを簡単に生け捕(ど)りにできると踏んだようだな。おまえ、赤塚の舎弟だなっ」

「…………」

「急に日本語を忘れてしまったか。おれは短気なんだよ。すぐに撃(ハジ)くぞ」

「や、やめてくれ。赤塚さんの弟分だよ」

「関東仁和会の構成員だな？」

「そうだよ」

「名前は？」

「桑名(くわな)、桑名昌行(まさゆき)ってんだ」

「ついでに年齢(とし)も聞いておこうか」

「三十四だよ。おたく、何者なんでぇ？　やくざを強請(ゆす)るなんて、いい度胸してるな。関東仁和会の会長の盃(さかずき)を貰わねえか」

「ヤー公に成り下がるほど人生に絶望してないよ」

「ちっ」

桑名と名乗った男が舌打ちした。

石津は、奪ったアーミーナイフの刃を桑名の太い首に密着させた。桑名の動きが止まった。

「頸動脈を切断されたくなかったら、おれの質問に答えるんだな」

「何が知りてえんだ？」

「『ハッピー・エンタープライズ』が架空の投資話で釣って年配者から出資金を騙し取ったことはわかってる。被害総額は数百億円にのぼるんだろう。え？」

「いや、もっと……」

「多いのか」

「いや、そんなもんじゃねえかな」

「正直に答えないと、若死にすることになるぞ」

「赤塚の兄貴は、総額で六百億近く吸い上げたと会長に報告してたよ」

「そうか。投資詐欺の件を嗅ぎつけた防犯コンサルタントで犯罪ジャーナリストの高瀬亮は、赤塚の周辺を調べてたな？」

「赤塚の兄貴が、ちらっとそんなことを言ってたな。けど、おれは詳しいことは聞いてねえんだ。その高瀬って奴は先月の中旬、四谷の裏通りで車に轢き殺されたんじゃなかったか」

「ああ、そうだ。赤塚が舎弟の誰かに高瀬を始末させた疑いはあるな」

「兄貴は頭が回るから、常に損得を考えてるんだ。警察学校の元教官の防犯コンサルタントをうるさく感じてても、舎弟の誰かに殺らせるわけねえよ。警察は身内意識が強いから、敵に回すと、危い」

「ま、そうだな」

「その事件で赤塚の兄貴は警察に疑われたみてえだけど、嫌疑は晴れたはずだぜ。けど、投資詐欺で起訴されたら、兄貴はまずいことになる。だから、赤塚の兄貴はおたくに三億円くれてやるつもりになったんだ。一千万はちゃんと持ってきた」

「しかし、おれを生け捕りする気だったんだろうが！　話が矛盾してるぜ」

「兄貴はそうしたかったんだろうけど、最悪の場合は口止め料を払う気なんだろう」

「そうかい。しかし、気が変わったんだ。汚れた金の上前を撥ねたら、寝覚めが悪い。だから、もう銭はいらない」

「おたく、頭がおかしいんじゃないの⁉」

「そう思いたきゃ、そう思え！」

石津は手にしていた拳銃をホルスターに収めると、桑名の首に右腕を回した。そのまま強く締め上げる。チョーク・スリーパーだ。少し危険な裸絞めだ。下手をすると、相手を殺してしまう。

桑名はひとしきり呻いてから、その場に頽れた。気絶したことは間違いない。赤塚は捜査本部事件には関与していないという心証を得た。押収した刃物を暗がりに投げ込む。

石津は植え込みから出ると、レンタカーを駐めてある場所まで引き返した。プリウスを数キロ走らせてから、ポリスモードで尾崎参事官に経過報告をする。

「やっぱり、赤塚はシロだったか。捜二知能犯係に投資詐欺の証拠固めをしてもらって、『ハッピー・エンタープライズ』をぶっ潰してもらおう。刑事部長の許可をすぐ取るよ」

「お願いします」

「石津君は、これから銀座の『エルドラド』に回る予定なんだね」

「ええ。エリート官僚もシロかもしれませんが、少しグレイっぽいですから」

「そうだな。よろしく頼むよ」

参事官が先に電話を切った。石津はポリスモードを上着の内ポケットに突っ込んだ。

レンタカーで銀座に向かう。『エルドラド』がある飲食店ビルを見つけたのは、二十五、六分後だった。

石津はプリウスを並木通りに駐め、目的の飲食店ビルに足を踏み入れた。エレベーターで『エルドラド』のある階まで上がり、死角になる場所に身を隠す。

石津は私物のスマートフォンを使って、『エルドラド』に電話をした。受話器を取ったのはフロアマネージャーだった。

「わたし、文科省の職員の鈴木といいます」

石津は、もっともらしく言った。

「ああ、はい。ご用件は？」

「伏見局次長の決裁印をきょう中に貰わないと、まずいんですよ。局次長は、そちらで飲んでるんでしょ？」

「きょうは、まだ見えてません。チーママと同伴出勤する予定になってますので」

「伏見局次長、チーママと親しくしてるんですか？」

「いいえ、特別な関係ではありませんよ。伏見さんは店の従業員たちをとても大事にしてくれているんです。ホステスの全員が伏見さんと同伴出勤したことがあります。アフターに店の女性を誘っても夜食を奢(おご)ってくれるだけで、スマートに解放してくれてるんです。わたしたち黒服にも、よく夜食をご馳走してくれています」

「そうですか。局次長のお母さんが亡くなって杉並の実家を売却したんで、億単位の遺産が入ったらしいんです。そんな臨時収入があったんで、気前がよくなったんでしょうかね」

「込み入ったことはわかりませんが、伏見さんはありがたいお客さまですよ。ホステスを口説(くど)こうともしないから、店の者たちに好(す)かれているんです」

「局次長は店のホステスさんの誰かと熱い関係なんで、ほかの女性にちょっかいを出さないだけなんではありませんか」

「当店では、伏見さんは常にジェントルマンですよ。あなた、本当に伏見さんの部下なんですか？」

フロアマネージャーが訝しんだ。

「さっき言ったことは冗談ですよ」

「そんなふうには聞こえませんでしたが……」

「ちょっと度が過ぎたかもしれませんね。表で局次長を待ってみます」

石津は通話を切り上げた。

四十分ほど待つと、伏見賢司が三十代後半の女性と連れだって『エルドラド』に入っていった。チーママは上客と同伴出勤したようだ。

石津はクラブに入って伏見を直に問い詰めたい気持ちを捻伏せて、同じ場所に留まった。一時間ほど経つと、若いホステスと六十年配の客が店から出てきた。

石津はホステスから情報を集める気になった。二人が函に乗り込んだ。石津は扉が閉まる寸前にケージに走り入った。

「驚かせて申し訳ありません」

「いいえ」

ホステスが笑顔で応じた。かたわらの男は憮然とした表情だった。ケージの中で若いホステスを口説く気だったのかもしれない。

ほどなくエレベーターが一階に着いた。

石津はホステスたち二人の後からケージを出た。

「芳賀先生、近いうちにまた玲奈に会いに来てくださるでしょ？」

「来週は医学会が京都であるんだよ。だから、ちょっと無理かもしれないな。きみが泊りがけで温泉に行ってくれるんなら、学会はすっぽかす」

「先生、そんなことを言ってると、奥さまに叱られますよ」

「この年齢になると、浮気公認なんだ」

「あら、そうなんですか」

「玲奈、一度わたしと浮気しないか。若い男たちみたいにパワーはないが、テクニックは負けないよ」

「いつもの際どいジョークですね」

「おい、おい。わたしは本気だよ。二十二、三の小娘を抱く気はないが、二十七歳の玲奈は熟れごろだろうからな。抱き心地はよさそうだ」

「先生、お下劣ですよ。心臓外科の名医なんですから、品性は保っていませんと……」

玲奈が言った。

「きみはわかってないな。社会的に成功したって、健康な男はどいつも助平なんだよ」

「そうなんでしょうか」

「今度、本当に温泉に行こう」

「考えておきます」

「また、うまく逃げられたか。ま、いいさ。再来週には来れると思うよ。それじゃな」

男が片手を軽く挙げ、飲食店ビルを出た。無線タクシーは待っていなかった。どうやら心臓外科医は、別の馴染みのクラブに行くようだ。

玲奈が踵を返し、エレベーター乗り場に足を向けた。石津は背後から声をかけた。

「あのう、すみません……」

「はい？」

玲奈が体を反転させた。石津はにこやかに笑いかけながら、美人ホステスを人目につかない場所に導いた。

「『エルドラド』のお客さんではありませんよね？」

「ええ、そうじゃないんです。実は、探偵社の調査員なんですよ」

「探偵さんですか⁉」

玲奈が警戒心を露にした。

「あなたの素行調査を頼まれたわけじゃないんですよ。文科省の伏見局次長の奥さんに頼まれて、浮気調査をしてるんです。あなたにご迷惑はかけませんので、ひとつご協力願いたいんですよ」

「伏見さんはお店の常連さんですけど、浮気なんかしていないと思います。奥さまは、なぜご主人を疑ったんでしょう？」

「夫が銀座や赤坂のクラブに毎晩のように通ってたら、好きになったホステスさんがいて、その彼女を囲ってるのではないかと疑いたくもなるでしょう。伏見さんは亡くなったお母さんの遺産を一億数千万円も相続してるから、金銭的な余裕はあるはずです」

「伏見さんには愛人なんかいませんよ」

「なぜ、そう断言できるんです？」

「伏見さんがクラブを飲み歩いてるのは、回春が目的みたいなんですよ。キャリア官僚はストレスだらけなんで、四十代半ばから男性機能が働かなくなったんですって」

「まだ五十一なのに、性的能力を失ってしまったのか。なんだか哀しい話だな」

「伏見さんもそう感じて、奥さんに内緒でＥＤ治療を受けたそうですよ。でも、バイアグラも役に立たなかったらしいの」

「本当なのかな？」

「ええ。名前までは教えられませんけど、複数の同僚ホステスが泣きつかれてホテルに一緒に行ったんだけど、伏見さんの体はついに反応しなかったらしいの」

「だから、特定の女性と不倫なんかしてないんじゃないかってことだね」

「ええ」

「それでもクラブ通いをやめないのは、どうしてなんだろう？」

「若い女性と接してるうちに、いつか男性機能が蘇るかもしれないという期待を捨てられないんじゃないのかしら。ホテルにつき合った娘の話では、伏見さんは遺産を遣い切ってでも性的能力を取り戻したいと真顔で言ってたそうなんですよ」

「そうなのか。親の遺産のほかに、伏見さんには裏収入があるのかもしれないな。まだ真偽はわからないんですが、伏見さんは役職を悪用して、裏口入学ブローカーとして荒稼ぎしてるって噂があるんですよ」

「あっ、そういえば……」

「何か思い当たることがあるようですね」

「伏見さん、『エルドラド』を早めに出て、よく築地の老舗料亭に向かうんですよ。医大を含めた名門私大の理事長や学長が一席設けてくれてるんだとおっしゃっていましたけど、裏口入学の手配でもしてたんでしょうか」

「そうなのかもしれないな。引き止めて悪かったね。ありがとう」

石津は玲奈を犒って、飲食店ビルを出た。

そのとき、慌てて暗がりに駆け込む人影が目に映じた。あろうことか、関東テレビの保科プロデューサーだった。

なぜ、保科は警察の動きが気になったのだろうか。石津は素朴な疑問を抱いた。

保科プロデューサーは自分の動きを探って、警察よりも先に高瀬殺しの犯人に迫りたいと考えているのか。そうではなく、支援捜査員をミスリードしたいと企んでいるのだろうか。

石津は保科に気がつかなかった振りをして、近くの路地に入った。案外知られていないが、銀座には路地が少なくない。小料理屋、ビストロ、鮨屋、ワインバーなどが軒を連ねている。

石津は路地から路地に移り、保科の尾行をまいた。逆にプロデューサーを尾ける気になっていた。

路地から金春通りに出た保科は、土橋にある名の知れたシティホテルの回転扉を通り抜けた。少し遅れて、石津もホテルのロビーに足を踏み入れた。

保科は、フロントのほぼ真横にあるティー&レストランの中に消えた。誰かと待ち合わせをしていたらしい。

保科は中ほどのテーブルに着いた。その席にいるのは、意外な人物だった。なんと公安調査庁公安調査第一部長ではないか。椿原竜生という名で、五十四歳だ。

石津は三年前に邪教集団の内部抗争による殺人事案を担当したとき、公安調査庁の椿原にカルト教団に関する情報を提供してもらった。おかげで、事件は早く解決した。

公安調査庁は法務省の外局で、公共の安全を脅かす団体に関する情報収集と分析をしている。内閣情報調査室、警視庁公安部、警察庁警備局公安課とは協力関係にある機関だ。昭和二十七年、破壊活動防止法に基づいて設置された。本部は霞が関にあり、各地に支部局を置いている。およそ千六百人以上の職員がいるはずだ。公安調査官に捜査権はなく、武器の携行も認められていない。

保科プロデューサーは、どんな目的で公安調査庁の幹部職員と会っているのか。国会議員たちが十数年前から、公安調査庁を解体して国家予算をもっと有効に遣うべきだと主張しつづけている。ただ、近年は国家予算は増加傾向にある。カルト教団や仮想敵国の不穏な動きがあるからだろう。それでも、いつ予算が削られるかもしれない。椿原は将来に不安を感じ、テレビ局に転職する気になったのだろうか。

しかし、もう五十代だ。転職の相談とは考えにくい。

保科プロデューサーは、高瀬の事件の捜査状況が気になって仕方がないようだ。何かを糊塗したくて、こちらの捜査の目を狂わせようとしているのか。穿ちすぎだろうか。

もしかすると、保科は高瀬が狙っていたスクープの内容を知っているのかもしれない。そうだとしたら、自分に提供してくれた情報は根拠がなさそうだ。陽動目的の偽情報とも受け取れなくはない。

保科に少し張りついてみるべきだろう。

石津はそう考えながら、ロビーのソファに腰を落とした。備え付けの新聞を読む真似をしつつ、保科と椿原を盗み見る。

三十分過ぎても、二人は話し込んでいた。もどかしかったが、まさかティー&レストランに入るわけにはいかない。

石津はソファから動かなかった。

第二章　元教祖の遺骨

1

数十分後だった。

館内のティー＆レストランから、公安調査庁の椿原が先に出てきた。関東テレビの保科プロデューサーは店内に残っている。

石津は一瞬、ホテルの近くで椿原に声をかける気になった。だが、すぐに思い留(とど)まった。保科の行動が気になったからだ。

椿原がホテルを後(あと)にした。

それから十分ほど過ぎたころ、保科が椅子(いす)から立ち上がった。嵌(は)め殺しのガラスで仕切られた店内は、ロビーから丸見えだった。逆に言えば、ティー＆レストランの客たちもロビーの様子がわかるわけだ。

石津は、開いていた新聞で顔を隠した。

ティー&レストランを出た保科プロデューサーはロビーを抜け、表玄関から外に出た。

石津は折り畳んだ夕刊を所定のラックに戻し、さりげなく変装用の黒縁眼鏡を掛けた。裸眼で、視力は一・二だった。レンズに度は入っていない。

石津は前髪を額に垂らし、シティホテルを出た。少しは印象が変わったのではないか。

保科は新橋駅方向に進んでいた。急ぎ足だった。また誰かと会うことになっているのだろう。石津は一定の距離を保ちながら、関東テレビのプロデューサーを慎重に尾行した。

保科に気づかれた様子はうかがえない。一定の歩度で進んでいる。

保科は新橋駅の向こう側まで歩き、烏森神社の近くにある雑居ビルの中に入っていった。一階のフロアは貸会議室になっていた。いわゆるレンタルルームだ。

石津は雑居ビルの出入口に近づき、ロビーを覗いた。

保科が物陰に屈み込み、黒いフェイスマスクを被った。それから、隠し持っていたカラースプレーの噴霧を三台の防犯カメラに浴びせた。

何か悪事を働く気なのか。情事でレンタルルームを利用するカップルがいるらしい。売春にも使われているようだ。保科はレンタルルームに押し入って、セックスに及んでいる男女から金品を奪うつもりなのか。

石津は、そう推測をした。

しかし、保科はキー局の報道局のプロデューサーだ。高収入を得て、接待交際費も遣えるのだろう。強盗じみたことをするとは思えない。

保科は女性局員と不倫の関係にあって、レンタルルームで慌ただしく肌を重ねているのだろうか。それも考えにくかった。

保科がふたたび身を屈め、フェイスマスクを剝ぎ取った。それを上着のポケットに突っ込み、何事もなかったような顔で通路を進む。

通路の右側には、ずらりとレンタルルームが並んでいた。仕切りはコンクリート壁ではなく、パネル合板だった。

保科は奥にあるレンタルルームに消えた。一〇八号室だった。すぐにレンタルルームに近づくべきか。石津は迷った。

そんなとき、背後で靴音が響いた。

とっさに石津は雑居ビルを離れ、暗がりに走り入った。その直後、五十年配の男が雑居ビルの中に吸い込まれた。

危うく石津は声をあげそうになった。なんと男は、文部科学省の伏見だった。銀座の『エルドラド』で軽く飲んでから、このレンタルルームにやってきたのだろう。

石津は伏見から目を離さなかった。

キャリア官僚は通路をたどり、一〇八号室のドアをノックした。関東テレビの保科と文部科学省の伏見にはどんな接点があるのか。

石津は思考を巡らせた。

九月十四日の深夜に無灯火のエルグランドで轢き殺された高瀬亮は、キャリア官僚の伏見が裏口入学ブローカーでブラックマネーを得ていたことを関東テレビの保科に喋ったのか。単に伏見を疑っているだけではなく、汚れた裏仕事の証拠の類を保科プロデューサーに預けてあったのだろうか。

そうだったとしたら、保科は伏見の致命的な弱みを知ったことになる。テレビ局のプロデューサーは伏見から多額の口止め料をせしめたのか。そのことを警察学校の元教官に知られたのかもしれない。

そうなら、保科プロデューサーが第三者に高瀬亮を殺させたという推測もできる。石津はそう筋を読みかけて、自分を嫌悪した。なんでも疑ってみるのは刑事の習性だが、あまりにも強引ではないか。推測がラフすぎる。

事件の被害者は、週に一度『ニュースオムニバス』のコメンテーターとしてテレビ出演していた。同じ五十代ということで、高瀬は保科とちょくちょく酒を酌み交わしていたという証言を得ている。

伏見が一〇八号室に入った。

石津は雑居ビルに足を踏み入れ、抜き足で通路を進んだ。歩を運んでいると、急にある思いが脳裏を掠めた。

保科は〝戦友〟だった高瀬の無念を晴らしたくて伏見を揺さぶってみる気になったのではないか。刑事に先を越されたくないと思えば、警察の捜査状況も気になるだろう。

石津は一〇八号室の前で立ち止まった。息を殺して、ドアに耳を押し当てる。男同士の遣り取りが聞こえてきた。

「伏見さん、正直に話してくださいよ」

保科の声だ。

「わたしは後ろ暗いことなんかしていません。銀座や赤坂のクラブを夜ごとハシゴしてるのは、亡母の遺産が入ったからです。少しまとまった額ですので……」

「豪遊してるわけですか。それが本当だったら、親不孝そのものですね」

「わたしには他人に言えない悩みがあるんですよ。それを解消したくて、親の遺産を取り崩してるんです。保科さんは何か誤解されてるようだな」

「そういう姿勢を崩さないなら、はっきり言いましょう。伏見さんが有名大学の理事長や総長と築地の老舗料亭で密かに接触してる裏付けは取ったんです」

「えっ⁉」

「料亭名と接待された日時もわかっていますんで、細かく話しましょうか。『ニュースオムニバス』のコメンテーターの高瀬亮さんは、そこまで調べ上げてたんですよ。わたし自身も、そのことは確認しています。助成金を貰えるようにしてやるから、知り合いの子女を裏口入学させてくれと裏取引をして、一億数千万円の謝礼を不正合格者の親から貰ってたんでしょ？」

「それは違う。違いますよ」

「どう違うんですっ」

「わたしが裏口入学を斡旋してるなんてデマが流れてるようですが、それは妬みによる作り話なんだ。ええ、そうなんですよ」

「わたしは築地の『きよ川』や、『入船』の下足番、仲居、板前たちから伏見さんが大学関係者の座敷にしばしば招ばれてるという証言を得たんですよ。それでも、まだシラを切るつもりですか」

「わたしは、わたしは……」

伏見が言い澱んだ。

「あなたがED治療を受けていたことも知っています。クラブホステスと接して、性機能を回復させる目的で夜遊びを重ねてることもね。しかし、親の遺産を散財してるという話はうなずけないな。放蕩息子なら、話は別ですがね」

「いろんな大学関係者に助成金の申請の仕方を教えてほしいと頼まれたことはありますが、裏口入学を持ちかけたことはありませんよ」

「助成金の申請の仕方を何も高級な料亭で教えることはないでしょう？　伏見さんは裏口入学ブローカーを副業にして一億数千万円も稼いで、それを回春目的で惜しみもなく遣いまくってた。そうですね？」

「…………」

「肯定の沈黙と受け取ります」

「保科さんの狙いは何なんですっ。わたしがリスキーな内職で稼いだ金の何割かを寄越せってことなんでしょう？」

「見損なわないでほしいな。わたしは恐喝する気で、伏見さんをこのレンタルルームに呼びつけたわけではありませんよ」

「なら、いったい何のために？」

「わたしの妹の長女が医大をめざして二浪中なんですよ。女医になれば、結婚しなくても一生食べていけると頑張ってるんです。東都医大を狙っているんですが、合格ラインよりも少し点数が足りないみたいなんですよ」

「あなたの姪ごさんを東都医大に裏口入学させてくれないか。要するに、そういうことなんですね？」

「さすが察しが早いな。姪をあなたのお力で東都医大に合格させてもらえるんだったら、妹夫婦に五百万を用意させましょう」

「保科さん、ちょっと待ってください。いまのわたしに、そんな力はありませんよ。裏口入学の斡旋をしたんではないかと警察や高瀬氏に疑われたりしたんで、大学関係者は一斉にわたしと距離を置くようになりました。裏口入学の斡旋をしてたことが表沙汰になったら、わたしは文科省を追われるでしょう」

「伏見さん、油断しましたね。問わず語りに裏仕事のことを認めた」

「あっ、まずい！」

「もしかしたら、あなたが自己保身のために誰かに高瀬亮を殺させたのかもしれないな」

「な、何を言うんです⁉ 裏口入学の斡旋の件は認めますが、代理殺人の依頼なんかしていませんよ」

「ちょっと鎌をかけてみただけです。本気で伏見さんが誰かに高瀬亮を葬らせたんじゃないかと疑ってるわけではありません」

「本当に本当なんですね？」

「キャリア官僚は気が小さいんだな。話を元に戻しますが、わたしの姪を来春、東都医大に潜り込ませてもらえます？」

保科が問いかけた。

「そんなこと、とても無理ですよ」

「にべもない断り方だな。そう出てこられると、わたしもおとなしくしてませんよ。それでもいいんですかっ」

「裏ビジネスのことを警察か東京地検特捜部に密告する気なのか⁉」

「そんなことはしたくないが、やむを得ないでしょう」

「犯罪者として告発されたら、わたしの人生はジ・エンドです。無我夢中で勉学に励（はげ）んで東大に現役で入って、国家公務員総合職試験も突破したんです。オーバーではなく、血のにじむような努力を重ねてきたんですよ」

「でしょうね」

「文科省でも出世街道を突っ走り、局次長まで出世しました。しかし、事務方トップの事務次官のポストが最終目標なんですよ。そこまで偉くならなきゃ、結局は負け組なんです」

「自業自得でしょうね」

「わたしは出世したくて、あらゆるストレスに耐えつづけ、四十代で性的不能者になってしまったんです。どうしても〝男〟を取り戻したかったんで、裏口入学の斡旋で回春の費用を捻出（ねんしゅつ）したかったんですよ。夜ごと銀座や赤坂のクラブで飲んでるのは、若い女性に触れて復活したかったからなんです」

「ダーティー・マネーをずいぶん注（つ）ぎ込んだようですが、ナニできるようになったんですか？」

「残念ながら、ちゃんとエレクトするまではいきませんでした」

「男盛りなのに、気の毒だな。でも、服役することになったら、性欲は減退したままのほうがいいでしょ？」

「そうおっしゃるが、オスでなくなった男性は惨めすぎます。いっそ死んでしまおうと思うこともありますよ」

「キャリア官僚として生きるのは何かと大変だな。ところで、どうします？」

「前科者になるくらいだったら、死んだほうがましです。近いうちに東都医大の理事長に会って、あなたの姪ごさんを裏口から入れてもらえるかどうか打診してみましょう」

「その言葉を待っていました。伏見さん、ひとつ頼みます」

「わたしが何度も理事長に頭を下げれば、なんとかなると思います。銀座のクラブに戻るとママに言ってありますので、わたしはこれで失礼しますよ」

伏見が言って、椅子から立ち上がる気配が伝わってきた。

石津は一〇八号室から離れ、急いで雑居ビルの外に出た。物陰に入り込む。

少し待つと、伏見が姿を見せた。キャリア官僚は脇目もふらずに大通りに向かって歩きだした。

石津は、ふたたび雑居ビルに入った。通路を突き進み、ノックなしで一〇八号室のドアを大きく開ける。

「け、刑事さんじゃないですか⁉」

保科が驚きの声を発し、中腰になった。石津は入室して、後ろ手にドアを閉めた。

「ドア越しに文科省の伏見局次長との会話を聞かせてもらいました」

「石津さんがどうしてここに⁉」

「『エルドラド』のある飲食店ビルを出たとき、慌てて暗がりに隠れた保科さんを見かけたんですよ。それで、なぜ警察の動きを気にするのかと疑問に感じたわけです」

「それじゃ、石津さんはわたしをまいて逆に尾行したんですね？」

「そうです。あなたは金春通りの近くにあるシティホテルのティー＆レストランで、公安調査庁の幹部職員の椿原竜生さんと何か話し込んでました」

「椿原さんのこと、ご存じだったんですか」

「以前、椿原さんにカルト教団に関する情報をいただいたことがあって、面識はあるんですよ。保科さんは、警察関係者に隠してることがありますね。言うまでもなく、高瀬さんの事件に関することで」

「まいったな」

「あなたは個人的に九月の轢き逃げ事件の犯人（ホシ）を突きとめたいんで、捜査本部の連中とこっちには本当のことを話さなかった。そうなんでしょ？」

「うむ」

保科が唸った。

「捜査に全面的に協力してくれなかったら、あなたを脅迫容疑で緊急逮捕することになりますよ。保科さんは伏見局次長の弱みにつけ込んで、姪を東都医大に裏口入学させろと脅してた」

「わたしの負けです。裏口入学絡みの脅迫的な会話は聞かなかったことにしてくれるんだったら、捜査の有力な手がかりを提供しますよ。石津さん、どうでしょう？」

「抜け目ないな」

「それは認めましょう。で、どうなんですか？」

「裏取引に応じましょう。無灯火の車で轢き殺された高瀬さんは、いったいペンで何を告発しようとしてたんです？」

「四半世紀前に日本を震撼させたマントラ解脱教の教祖を含めた十三人の死刑囚が二〇一八年の七月の上旬と下旬に死刑になりましたでしょ？」

「ええ。クレージーな連中は独善的な思い込みから弁護士一家殺害、信州毒ガス事件、自動小銃密造事件、私鉄無差別テロと悪行を重ねてきたんですから、いずれ絞首刑にされても仕方ないでしょう」

「そうですね。ただ、元教祖の木本忠夫、享年六十四は一連の裁判で犯行を指示したことは頑なに認めなかった。死刑判決を受けた幹部信者たちの多くは木本の命令で蛮行に走ったと自白したんですが……」

「そうでしたね。政府は真相が明らかにならないうちに、十三人の死刑を執行してしまいました。ほかの民主国家では考えられないことです」

「ええ、むちゃくちゃですね。それはそれとして、高瀬さんは四年三カ月前に死刑になった木本元教祖の遺骨が誰に引き取られるのか関心を寄せてたんですよ」

「遺骨の引き取りを巡って遺族が対立状態なんで、木本忠夫の遺骨はまだ東京拘置所に保管されてるはずです」

「そうみたいですね。高瀬さんはマントラ解脱教の最大後継団体の『プリハ』あたりが遺族を味方につけて、木本元教祖の遺骨を引き取り、神格化を狙ってるのではないかと洩らしてました。『プリハ』とは対立してる『魂の絆』も、木本の遺骨を本尊にしたがっているのではないかとも言ってましたね。それから、『プリハ』と枝分かれした『幸せの泉』も同じ気持ちだろうと……」

「ほかに故人は何か言ってませんでした？」

「ひょっとしたら、木本の遺骨は元信者たちの誰かがこっそりと盗み出したのかもしれないと呟いたことがあったな。そうだとしたら、東京拘置所に保管してあるのは別人の骨箱なんでしょう。高瀬さんは『プリハ』『魂の絆』『幸せの泉』の三派の動きを探りはじめて、東京拘置所周辺でも取材を重ねてたんですよ。高瀬さんの命を奪ったのは、マントラ解脱教の元信者なんじゃないだろうか。わたし、高瀬さんの代わりにそのへんを調べてみる気になったんですよ。それで、少し取材してみたんですが、木本の遺骨を誰かが東京拘置所から盗み出したという気配は感じ取れませんでした」

「それで、公安調査庁の椿原さんに会ったわけですか」

「ええ、そうなんです。何年か前に椿原さんに協力してもらったことがあるんで、時間を割いていただいたんですが、何も収穫は得られませんでした」

「木本の遺骨が元教徒たちに奪われたのではないかという推測には、どんな反応を示しました？」

「椿原さんは、劇画的な発想だと笑ってましたよ。ただ、一瞬だけ狼狽したように見えました。目も伏せたな。あのリアクションは何を意味するんだろうか」

「保科さんは個人的に高瀬さんの事件の背後を洗わないでください。危険ですのでね。では、これで！」

石津は軽く頭を下げ、一〇八号室を出た。

2

二羽の土鳩が足許に舞い降りた。

何か餌にありつけそうだと踏んだのだろう。日比谷公園のベンチに腰かけた石津は、ポップコーンもスナック菓子も持っていなかった。関東テレビの保科プロデューサーを追い込んだ翌日の午後三時過ぎだ。

ベンチは音楽堂の近くにある。あたりに人の姿はない。

石津は、公安調査庁の椿原公安調査第一部長を待っていた。十五分ほど前に公安調査庁に電話をかけ、椿原に協力を求めたのである。なぜか椿原は庁舎内で面会することを嫌がり、日比谷公園内で落ち合いたいと言った。そういうことで、石津は園内のベンチに腰かけているわけだ。

二羽の土鳩が少しずつ近づいてきた。一羽が石津の靴の爪先をついばんだ。餌を催促しているのだろう。

「あいにく喰える物は何も持ってないんだよ」

石津は声に出して呟いた。土鳩に日本語が通じるわけはない。自嘲する。

土鳩は交互に石津の靴をつつきはじめた。片方は焦れったくなったらしく、靴紐をくわえて引っ張った。

「別の人に餌を貰ってくれ」

石津は軽く手を叩いた。

すると、二羽の土鳩は相前後して舞い上がった。そのまま噴水池のある方向に飛んでいった。

そのすぐ後(あと)、懐(ふところ)で刑事用携帯電話(ポリスモード)が震動した。

石津は反射的にポリスモードを取り出した。ディスプレイを見る。発信者は尾崎参事官だった。

「少し前に捜二(そうに)課長から報告があったんだが、任意同行に応じた『ハッピー・エンタープライズ』の赤塚社長は厳しい追及に耐えられなくなって、ついに高齢者たちをカモにした投資詐欺を働いたことを認めたそうだ」

「そうですか。参事官、文科省の伏見局次長はどうなりました？　観念して裏口入学ブローカーとして暗躍してたことを自白(ウタ)ったんですか」

「いや、伏見のほうはまだシラを切ってるようだ。しかし、石津君が傍証を押さえてくれたから、そのうち完落ちするだろう」

「ええ、おそらくね。伏見賢司は往生際(おうじょうぎわ)が悪いな。キャリア官僚たちは自己保身の気持ちが人一倍強いんでしょうね」

「そうなんだろうが、シラを切り通せるもんじゃない。頭が切れるんだから、そんなことはわかりそうなものだが……」

「権力を握ることが連中の目標で、それが支えになってるんでしょう。だから、ポストにしがみつきたいんだろうな」

「みっともないね。人間は辛いことがあっても、潔く生きなきゃ駄目だよ。伏見はエリート国家公務員だが、人間の格はぐっと落ちるね」

「こちらも、そう思います」

「伏見が全面自供したら、関東テレビの保科も捜二に任意同行を求められるな。伏見の弱みにつけ込んで、浪人中の姪を東都医大に裏口入学させろと脅迫したんだから」

「こっちは裏取引に応じた振りをしただけですんで、別に構いませんよ」

石津は言った。保科を騙した恰好になるが、特に後ろめたさは覚えなかった。

「そう。保科が喋ったことを鵜呑みにしてもいいんだろうか。殺害された高瀬亮がマントラ解脱教の元教祖の遺骨を誰が引き取るか強い関心を示してたという話だったね？」

「ええ。保科は、はっきりとそう言っていました」

「苦し紛れの嘘だったとは考えられないかね。木本元教祖の遺骨を東京拘置所から盗み出して神格化すれば、後継団体は信者の数を大きく増やせると思うが……」

「いまだに木本に帰依してる『プリハ』は最大の後継団体と目されていますが、信者の数は千五百人弱でしょう」

「そうだね。後継団体を自任してる『プリハ』だが、教団の運営を巡って木本の側近だった城島優、当時、五十五歳と対立した。城島は自分の支持者と『魂の絆』を結成したんだったな」

「ええ、そうでした。城島代表は木本が逮捕されると公然とマントラ解脱教の教えは独善的だったと非難しはじめました。そのことで、城島は元信者たちに裏切り者と思われてるはずです。『プリハ』も内部分裂を起こしたんで、袂を分かった者たちが『幸せの泉』を作りました」

「そうだったね。木本忠夫の弟子たちが三つのグループに分かれてしまったわけだが、『魂の絆』の信者数は八百数十人で、『幸せの泉』は五百人程度しかいないんじゃなかったかな」

尾崎が言った。

「そんなものだと思います」

「木本が仕切ってたマントラ解脱教は一万人近い信者がいて、隠れ在家信徒が三千人以上もいたと一部のマスコミが報じてたね」

「ええ、よく憶えています」

「幹部信徒たちが三派に分かれて対立してる状態では、たとえ元教祖の遺骨を手に入れて神格化を企んだところで、数多くの信者を獲得するのは難しいんじゃないのか」

「お言葉を返すようですが、そうは言い切れないと思います。マントラ解脱教が暴走を繰り返してから二十数年が経ちましたが、時代状況は当時とあまり変わってません」

「そうだね。経済、政治が低迷しつづけて、いまも閉塞社会だ。ことに政治に絶望してる若い世代は将来に不安を感じ、アナーキーな気分になってるかもしれないな。高齢者の大半も生きづらくなってる」

「ええ。社会のシステムをいったん壊して、再生の途を探るべきだと考えてる人間は少なくないでしょう」

「確かに政治家、官僚、財界人は私利私欲に走って、この国を本気で建て直したいと考えてはないようだね。みんなが投げ遣りになってるように映るな、わたしの目には」

「実際、その通りなんでしょう。まともな若い世代は社会の仕組みに問題があると考えていても、選挙で政治を変えようという意欲も気力もない。諦めが先に立つんで……」

「そうなんだろうね」

「不満を抱えた者たちが短絡的な考えに取り憑かれて、マントラ解脱教の信者たちが重ねたクレージーな凶行を繰り返す気になってもおかしくないと思います」

　石津は個人的な考えを述べた。

「残念ながら、それを強く否定することはできないね。世の中に受け容れられない者たちがいつか不満を爆発させて、国家を私物化してる権力者たちに牙を剝きはじめるかもしれないな」

「先行き不透明な社会ですので、怒りのマグマがいつ爆ぜても不思議ではありません」

「そうだね。公安調査庁の椿原第一部長から、『プリハ』『魂の絆』『幸せの泉』の動きも

「うまく聞き出せるといいな」

「ええ」

「たいした情報を得られないようだったら、本庁の公安部に協力してもらってもいいよ。しかし、公安部と刑事部は反りが合わないから、有力な手がかりは得られそうもないな」

「公調の椿原さんから、より多くの情報を聞き出しましょう」

「そうしてくれないか」

尾崎参事官が通話を切り上げた。

石津はポリスモードを上着の内ポケットに滑り込ませた。それから間もなく、遊歩道の左手から椿原竜生が足早に近づいてきた。茶色の背広に身を包んでいる。五十代とは思えないほど若々しい。

石津はベンチから立ち上がって、すぐに会釈した。

「その節は大変お世話になりました。きょうはご無理を申しまして、すみません」

「珍しい方が電話をかけてきたんで、先日の盗撮がバレてしまったかと思ってたんだ」

椿原が冗談を口にし、握手を求めてきた。石津は椿原の手を握り返した。

「お元気そうじゃないですか」

「おかげさまで、病院通いはしていません。しかし、昔と違って治安を乱す集団が少なくなったんで……」

「士気は上がりませんか？」

「そうだね。一部の国会議員たちが公安調査庁の年予算を大幅に減らしたがってるが、ここ四年ほど年予算は増えてる。われわれが目を光らせてるから、危ない集団が暴走してないんだ。年予算を削りたがってる政治家どもは、そのへんのことがわかってない。坐って話そうか」

　椿原が嘆いて、先にベンチに腰かけた。石津は倣った。

「一年数カ月前に捜二知能犯係に異動になったという噂を小耳に挟んだんだが、殺人犯捜査の敏腕刑事を現場捜査から外すなんて大きな損失だと思うな」

「ちょっとしたポカをやって、殺人犯捜査から外されてしまったんですよ。しかし、刑事魂は忘れてません」

「そうだろうね。ところで、どんな情報が欲しいのかな。協力は惜しまないよ」

「ありがとうございます。先月十四日の深夜に四谷署管内で警察学校の元教官が轢き殺されたんですが、椿原さん、その事件を憶えてます？」

「九月のことだから、はっきりと記憶してるよ。防犯コンサルタントに転身した高瀬亮さんが被害者だったんだよね」

「そうです」

「被害者とは会ったこともないが、関東テレビの『ニュースオムニバス』のコメンテーターとしてレギュラー出演してたので、名前と顔は知ってた。犯罪ジャーナリストとしても活躍してたんじゃなかったかな」

「ええ、そうでした。実は高瀬さん、警察学校時代の恩師なんですよ。個人的なつき合いはありませんでしたが、いろいろ高瀬さんに教えてもらいました」

「そうだったのか。それで捜二の職務をこなしながら、恩師の事件を個人的に調べたくなった。そうなんだね？」

椿原が石津の横顔を覗き込んだ。

「ええ、まあ。高瀬さんは、二〇一八年の七月上旬に死刑を執行された例の木本忠夫の遺骨が誰に引き取られるか強い関心を寄せてたらしいんです」

「その情報源（ネタモト）は？」

「ノーコメントにさせてください。情報提供者に迷惑をかけたくありませんので」

石津は関東テレビの保科プロデューサーの名を口にしそうになったが、なんとか言葉を呑（の）み込んだ。

手の内を最初から見せてしまったら、大きな手がかりは得られない。ある程度の駆け引きは必要だった。

「亡くなった高瀬さんは、なぜ木本元教祖の遺骨が誰に引き取られるか注視してたんだろうか」

「マントラ解脱教の教祖だった木本には、六人の子供がいるんでしょう？」

「そう。四女と二男に恵まれたんだが、その六人は正妻が産んだ子供たちだね。木本はカリスマ気取りだったんで、側近の女性にも子供を産ませてる。その子を認知はしてないが、元教祖の実子に間違いないね。木本は、ほかにも多くの女性信者をセックス・パートナーにしてたんだよ」

「まるで邪淫カルト教団だな」

「そういう側面があったことは否定できないね。木本は誇大妄想だったんで、自分は神に等しい特別な存在だと本気で思ってた節があった。話術に長けてたから、熱烈な信奉者を集めることができたんだろうな」

「疑い深い信者にはＬＳＤなど幻覚剤を使って巧みに洗脳してたんで、教祖の超能力にからくりがあると誰も見抜けなかったんでしょうね」

「木本は稀代の詐欺師だよ。空中浮揚なんかできやしないのに、超能力が備わってるように見せかけてたんだからな」

「ええ、それは間違いないようですね」

「天才的な詐欺師だったんだと思うが、東大や京大を出た青年、医者、化学者たちが木本を生き神として、本気で崇めてた。それだけ純だったんだろうが、普通の人間には理解できないな」

「そうですね。思い込みの強い者がしばしば特定のイデオロギーや宗教にハマってしまいます。木本はそのへんのことを熟知してたんで、信徒たちの心をやすやすと操れたんでしょう」

「そうだったんだろうな。殺害された高瀬さんは、木本の遺骨が誰に渡るのか関心を寄せてたのか。四女が父親の遺骨を自分が引き取りたいと東京拘置所に申し出たんだが、母親や残りの姉弟たちが強く反対したんで、結局、東京拘置所で保管されることになったんだ」

「そうらしいですね。椿原さん、最大の後継団体の『プリハ』が木本の遺骨をこっそり東京拘置所から盗み出して、神格化を企てるとは考えられませんか？」

「昨夜、関東テレビの保科という報道番組プロデューサーに銀座のホテルに呼ばれて、同じような質問をされた。保科プロデューサーは担当番組のコメンテーターだった高瀬さんに似たようなことを言われてたらしいんだよ」

「そうなんですか。それで、あなたはどう答えたんです？」

「遺族や『プリハ』はもちろん、『魂の絆』や『幸せの泉』の信者たちが木本の遺骨を盗み出すことなんかできないよ。そう言ったんだ」

椿原が即答した。

石津は椿原の表情に変化が起こることを予想していたが、まったく変わらなかった。前夜、保科プロデューサーが言っていたことは事実ではなかったのか。
しかし、保科が嘘をつかなければならない理由はない。いったいどういうことなのか。よくわからなかった。

「東京拘置所に忍び込むなんてことは不可能だろう。仮に侵入できたとしても、木本の遺骨を塀の外に持ち出すことなんかできるわけないよ。防犯センサーだらけのはずだから、とてもとても……」

「ええ、それはね。しかし、遺族や後継団体が東京拘置所の職員を抱き込んで、元教祖の遺骨を別人の骨箱にすり替えさせることはできるでしょう」

石津は言った。

「なるほど、そうだね。公安調査庁の調査によると、最大後継団体の『プリハ』の久松利紀代表は信者数をもっともっと増やして、他の二つの分派を吸収したがってるようなんだよ」

「『魂の絆』と『幸せの泉』の信者たちを取り込もうとしても、それぞれの代表や幹部信徒に強く抵抗されると思いますが」

「だろうね。そのことは、想定内のことなんじゃないのかな。久松代表は他の二派の取り込みに手間取るようなら、『魂の絆』の城島代表と『幸せの泉』の曽我和樹代表を亡き者にするかもしれないな」

「そこまでやるでしょうか」

『プリハ』の久松代表は、元教祖が捕まったとたんに掌を返した『魂の絆』の城島代表を無節操で狡い奴だと公言して、ひどく憎んでる。それから、『幸せの泉』の曽我代表は久松が目をかけてた人物なんだ」

「それなのに、反旗を翻して新たに分派をこしらえた。久松代表にしてみれば、弟分に背を向けられたことになりますね」

「そう！　そうなんだよ。だから、『プリハ』の久松代表は曽我も恩知らずとあちこちで言い触らしてるんだ」

「そうですか」

「石津さんは、やっぱり敏腕刑事だね。東京拘置所の職員を抱き込めば、木本の遺骨を別人の骨箱とすり替えられなくもないだろう。もしかしたら、『プリハ』が東京拘置所職員の誰かに多額の金をやって、元教祖の遺骨を表に持ち出させたのかもしれないね。木本の骨を〝本尊〟にすれば、ライバル関係にある他の二派の連中を取り込めるだろうからさ。もともと信者は元教祖の弟子たちだったわけだから」

「ちょっと待ってください。『魂の絆』の城島代表はさんざん木本を批判してきましたよ。自分の弟子たちに元教祖離れをしろと教えてるはずです」

「そうなんだが、城島が芝居を打ってるとも疑えるんだ」

「どういうことなんでしょう?」

「城島代表は公安警察や公調の目を逸らす狙いで、ことさら木本批判をしてきたんじゃないかと疑えなくもないんだ。ふだんは修行場に木本のパネル写真は飾ってないんだが、実は祭壇の奥には木本の巨大写真と肉声テープがたくさん……」

「城島代表はカモフラージュで、木本元教祖をおおっぴらに批判してきたのでしょうか」

「そうなのかもしれないぞ。城島は、木本の側近中の側近だった。確証があるわけじゃないが、犬猿の仲の久松と城島は裏で繋がってるとも思えてきたな」

「そうだとしたら、二人とも大変な役者ですね」

「そうだな。木本忠夫は信者たちをほぼ完璧に洗脳して、自分の思い通りに動かしてきた。木本にいったん操り人形にされた信徒たちは、そう簡単に呪縛を解くことはできないのではないだろうか」

「ええ、おそらくね」

「久松と城島が結託してないとしたら、高瀬さんを始末したのは『プリハ』臭いな。久松代表は自分の野望を警察学校の元教官に見抜かれて、都合の悪い人間を抹殺する気になったんじゃないだろうか。といっても、自分の手を汚すとは考えられない。『プリハ』の幹部信者の誰かに盗んだエルグランドで高瀬さんを轢き殺させた疑いが濃いな」

「『プリハ』の動きを少し探ってみます」

「後継の三派も、狂信的な連中だ。くれぐれも油断しないようにしたほうがいいね。いつでも協力するよ」

椿原がベンチから腰を浮かせた。石津も立ち上がって、礼を述べた。

「早く恩人を成仏させてやってください」

椿原が改まった口調で言い、大股で歩きだした。石津は椿原の後ろ姿が見えなくなってから、尾崎参事官に連絡を取った。

椿原との遣り取りを報告すると、尾崎が口を開いた。

「『プリハ』の久松代表に関する情報をメールする。顔写真も送るよ」

「よろしくお願いします。それから、参事官、大学の先輩に法務省高官がいるんじゃなかったですか?」

「ああ、いるが……」

「その先輩に電話をして、木本の遺骨が東京拘置所にちゃんと保管されてるかどうか探りを入れてほしいんですよ」

「わかった」

「いったん電話を切って、コールバックを待ちます」

石津はベンチに坐り、時間を遣り過ごした。

参事官から先にメールが送信されてきたのは、およそ十分後だった。『プリハ』の教団本部は足立区内にあり、代表の久松は本部に住みついていることがわかった。

少し待つと、尾崎から電話があった。

「法務省の高官に電話をかけて、木本忠夫の遺骨が厳重に東京拘置所に保管してあるという証言を得たよ」

「そうですか」

「ただね、先輩は一拍ぐらい息を呑んだんだ。うろたえたのかもしれないな。そのことから、もしかしたら、木本の遺骨は盗まれたのかもしれないと直感したんだ。考えすぎだろうか？」

「いや、参事官の筋読みは外れてないんでしょう。これから『プリハ』の教団本部に行ってみます」

石津はポリスモードを所定の場所に収め、ベンチから離れた。レンタカーは、日比谷の地下駐車場に置いてあった。

3

前方に人だかりが見えた。

中高年の男女が『プリハ』の本部ビルの前に群れている。プラカードを手にしている年配者も目に留(と)まった。

石津はレンタカーの速度を落とし、路肩に寄せてパワーウインドーのシールドを下げた。四階建ての本部ビルの三十メートルほど手前だった。

「怪しげな宗教団体は、速(すみ)やかに町内から出ていってほしい」

総白髪の七十歳前後の男性が拡声器(ラウドスピーカー)を使って、大声でがなり立てた。その声に、『プリハ』は出ていけというシュプレヒコールが重なった。

集まっている二十数人は町内に住み、反対運動をしているにちがいない。『プリハ』は教団とは無関係だと近所の住民たちに偽(いつわ)り、中古ビルを購入した。騙(だま)されたことを知った人々は怒り、抗議を重ねてきた。

マスコミ報道によると、『プリハ』の久松代表は近隣の住民と話し合うことを強く拒(こば)んでいるらしい。布教活動の拠点であることを隠していたのはフェアではないが、教団本部の中古ビルはちゃんと登記されている。

近所に住む者たちに疎(うと)まれても、法的には立ち退(の)く必要はないわけだ。久松代表が住民たちとの話し合いに応じなくても、別に法律には触(ふ)れていない。

「あなた方には本当に迷惑してるんだ。木本忠夫の録音された肉声を大音量で昼夜を問わずに流し、信者たちも奇声を発しつづけている。そのため、わたしたちは不気味さを常に感じているんだ。頼むから、この町から一日も早く出ていってくれないか」

総白髪の男が涙声で訴えた。

だが、教団本部は静まり返ったままだ。住民たちは次々に憤りを露にしたが、ほどなくひと塊になって教団本部から遠ざかっていった。

それから四、五分後、『プリハ』の門の前に白いアルファードが横づけされた。

運転席から五十代後半に見える男が降り、助手席の五十三、四歳の女性を目顔で促した。妻だろうか。アルファードから出た女性は、二つのメガホンを手にしていた。

男性が片方のメガホンを受け取り、口許に宛てた。

「健太、聞こえるな。父さんは母さんと一緒におまえを迎えにきた。すぐに家に帰ろうじゃないか」

「あんたは擦れてないから、『プリハ』の教義になんの疑問も持たなかったんだろうけど、木本忠夫の言ってたことは矛盾だらけでしょうが！　久松代表は死刑にされた元教祖に洗脳されてしまったのよ。そのことに早く気づいてちょうだい」

女性も訴えはじめた。

「健太、父さんは悲しいよ。ずっと素直に生きてきた息子が木本のでたらめな教えを信奉して、大学院に通わなくなり、『プリハ』に住みついてしまったんだからな。まさか家族に背を向けてまで狂信的な集団の一員になるとは思わなかったよ」

「健太、よく聞きなさい。宗教の自由は認めるけど、木本忠夫はまともな宗教家じゃなかったのよ。薬物を使用した儀式で、何人かの信者を死なせてる。それだけじゃないわ。脱会したがってた信者の相談に乗ってた弁護士の一家を弟子たちに殺害させ、資産家拉致事件や信州毒ガス事件も起こした。脱会の相談に乗ってた弁護士を化学兵器VXで殺そうともしたのよ」

「それだけじゃないぞ。脱会希望者を支援してた女性ジャーナリストの命も狙った。その後、数々の無差別テロを幹部信者たちに命じた。木本自身は弟子たちが暴走したんだと言い訳してたが、絶対者の命令だったにちがいない。弟子たちに殺人を命じた元教祖は宗教家なんかじゃないんだ」

「健太、お父さんの言う通りよ。あんたはいろんな薬物で冷静な判断力を失ったとき、洗脳されてしまったのよ。早く目を覚ましてちょうだい。わたしたち二人だけではなく、あなたの妹もそれを強く望んでるの」

「過去の過ちを咎めたりしないから、すぐに荷物をまとめて教団から出てきてくれ」

父親がメガホンを下げた。妻も口からメガホンを離した。

二人は教団本部の門に視線を向けながら、待ちつづけた。三十分が経過しても、夫婦の息子は姿を見せない。それでも、二人はさらに数十分は動かなかった。

父親が諦め顔になったとき、教団本部の塀の向こうから放水が開始された。ホースは三本だった。勢いよく撒かれた水は健太の親たちをずぶ濡れにさせた。アルファードも、ほぼ濡れた。

夫婦は腹立たしげだったが、何も言葉を発しなかった。

濡れた衣服のままで車内に乗り込み、そそくさと走り去った。『プリハ』は同じ手で、信者の家族たちを追い返しているのだろう。

放水が熄んだ。

それから十分ほど過ぎたころ、教団本部前に一台のタクシーが停まった。後部座席から先に降りたのは三十歳そこそこの女性だった。顔立ちがどことなく木本忠夫に似ている。タクシー料金を払った年配の男性には見覚えがあった。石津の記憶の糸はすぐに繫がった。

男性は弁護士の宮内次郎だった。宮内弁護士は一九八九年に起きた弁護士一家事件に関わってきた人物で、テレビにちょくちょく出演していた。マントラ解脱教信者の脱会カウンセリングを行ない、約三十年にわたり教団と対峙してきた人権派弁護士だ。

木本忠夫の四女の代理人として知られていた。連れの女性は、四女の聖美と思われる。

聖美は父親が〝最終解脱〟してから生まれたことで、実子の中では最もかわいがられて育った。宗教上の地位は、次女や三女よりも高い。

そんなことで姉弟たちに妬まれたのか、聖美は子供のころから母親、次女、三女、長男、次男に煙たがられていた。そうした確執があって、四女は孤立していたようだ。

それだからか、木本忠夫は四女を何かにつけて庇ったらしい。マスコミ報道によると、聖美は大人になるにつれて、ほかの家族とは異なり、父親を絶対者と受け止めてはいなかったようだ。冷徹な目で教祖を眺めていたのだろう。

そうしたことが母親や姉弟たちに生意気に映ったようで、父親が逮捕されてからは家族と疎遠になった。長女は中立の立場を貫き、どちらにも与しなかった。

聖美は真実から目を逸らすことなく単独で生きることを決意し、五年数カ月前に両親を自分の相続人から除外することを横浜家裁に申し立て、それは認められた。家族たちとは絶縁したままだ。

木本聖美と思われる女性が宮内弁護士と肩を並べて、『プリハ』の門扉に近づいた。すぐにインターフォンが鳴らされた。

ややあって、スピーカーから男の声が流れてきた。

「あなたは木本元教祖の四女の……」

「はい、聖美です。久松代表にどうしてもお目にかかりたくて訪ねさせてもらったんですよ。お取り次ぎいただけますか？」

「そ、それはちょっとね」

「なぜ面会を拒むんです？」

「それは、あなたがご存じでしょう。久松代表は元教祖の奥さまや聖美さんのご姉弟寄りですからね。それに、元教祖が死刑を執行される前にご遺体を四女のあなたに引き取ってもらいたいと言ったとは思えないんですよ。長いこと独房暮らしをしてたんで、元教祖は精神のバランスが崩れていたはずなんです」

「父は本当にそう言ったんですっ」

　聖美が声を高めた。

「そうおっしゃられても……」

「父が心神喪失になったことは確かです。でも、まったく判断力を失ったとは言い切れないんです。何かの弾みに正気を取り戻したように受け取れたこともあったんですよ。死刑判決が下って数年は、父は心神喪失になった振りをしてたんでしょう。詐病を演じてるうちに、本当に精神のバランスを保てなくなったんだと思います。でも、ほんの短い間ですけど、正気になるときがあったんですよ」

「だとしても、元教祖のお遺骨は奥さまたちが引き取るのが筋でしょ？　優先順位から言えばね」

「父はわたしに遺骨を引き取ってほしいと明言したんです。四女ですけど、その権利はあるはずですよ」

「元教祖の奥さま、次女、三女、長男、次男の代理人の弁護士が遺族連名で遺体の引き渡しを法務大臣に要請したことはご存じでしょ？」

「ええ、知ってます。でも、父は死刑執行前に刑務官の方に遺体の引き取り人は四女と指定したのよ。母や姉たちはそんなことは考えられないと言ってるようですが、それが事実なんです。家裁の調停では、こちらの言い分が通るでしょう」

「それは楽観的なお考えではないでしょうか」

相手がせせら笑った。

「どうしても久松代表とは会わせていただけないんですか？」

「ええ、無理ですね」

「母や姉たちは『プリハ』を正当な後継団体と考えてますんで、力ずくでも父の遺骨を引き取って故人の神格化を狙ってると思うんです。その計画に久松代表が利用されることを憂慮してるんですよ。三女の瞳はアナーキーで、とても危険です。久松代表たちがマントラ解脱教がやった愚行を繰り返すようなことはしてほしくないんです。できれば、すぐにでも『プリハ』を解散してもらいたいんですよ」

「そんなことはできません。できないっ。久松代表はもちろん、われわれ信徒も木本元教祖の教えは正しかったと信じてるんだ。不愉快です。もうお引き取りください」

「わかりました。これだけは久松代表にしっかり伝えてほしいんです。父の遺骨を絶対に〝本尊〟なんかにしないでください。正しい宗教活動をしてたわけじゃなく、カルト教団の煽動者だったにすぎなかったのですから」

「実の父親をそこまで貶めてもいいのかっ。そんな歪んだ考えを持ってるから、母親や姉弟に嫌われてしまうんだ！」

「聖美さんは真っ当だよ」

宮内弁護士がインターフォンに顔を近づけた。

「あんたは正義漢ぶった偽善者だっ」

「言ってくれるね。とにかく、いずれ木本元教祖の遺骨は四女の聖美さんが引き取ることになるだろう。未亡人や三女たちが『プリハ』を抱き込もうとしてるようだが、利用されないよう気をつけたほうがいいね」

「余計なお世話だ。それより、聖美さんはなぜ元教祖の遺骨を引き取りたがるんですかね。『魂の絆』か『幸せの泉』を抱き込んで、うちの教団をぶっ潰す気なのかな」

「わたしはそんなことは考えてません！」

聖美の声には、怒気が含まれていた。

「とか言ってるけど、『プリハ』が目障りなんでしょ？　元教祖の遺骨は信者にとって、きわめて尊く価値があります。釈迦の骨、仏舎利みたいものです。お骨をご本尊にすれば、多くの信者を得られるでしょう」

「わたしは、父の凶行でたくさんの人々に迷惑をかけたことを心から申し訳なく思っています。マントラ解脱教の後継団体がすべてなくなることを切に願ってるんですよ。父の遺骨を引き取ったら、ひっそりと散骨したいと考えてます」

「そ、そんな罰当たりなことを……」

「みなさんも早く目を覚まして、清く生き直してください」

「上から目線で物を言うな！」

相手の声が途切れた。聖美は宮内弁護士と顔を見合わせ、肩を竦めた。

二人は短く何か言い交わし、大通りに向かって歩きだした。

石津はセブンスターをくわえた。紫煙をくゆらせ、時間を遣り過ごす。夕闇が漂いはじめたころ、石津はグローブボックスに入れた小型双眼鏡を取り出した。

教団本部の真向かいに六階建てのマンションがある。石津はプリウスから出て、その建物に向かった。

入居者のような顔をしてマンションの敷地内に足を踏み入れ、非常階段の昇降口に急ぐ。石津は姿勢を低くし、三階と四階にある踊り場まで上がった。

上着のアウトポケットから小型双眼鏡を摑み出し、『プリハ』の本部ビルの窓を一つずつ覗く。ほとんどの窓はブラインドが下り、室内は見えない。

しかし、四階の窓の一つのブラインドは半開きだった。

柔道の道場に似た大広間で信者たちが修行に励んでいた。揃いのスモックを身に着け、空中浮揚を試みている。胡坐を組んだまま腰を浮かせようとしている最中だ。

左手前方に大きな祭壇があり、死んだ木本忠夫の巨大パネル写真が掲げられている。花と供物の数は多かった。

代表の久松は以前、よくテレビの取材に応じていた。石津は久松の顔は知っているが、どこにも見当たらない。

目を凝らしてみたが、骨箱らしき物は見当たらなかった。現在の段階では、『プリハ』は東京拘置所から元教祖の遺骨は盗み出していないようだ。

石津は小型双眼鏡を上着のアウトポケットに突っ込み、非常階段を一階まで下りた。平然とマンションの外に出て、レンタカーの運転席に乗り込む。『プリハ』の信者が外に出てきたら、それとなく探りを入れてみるつもりだ。

十数分が流れたころ、尾崎参事官から電話がかかってきた。

「何か進展があったかな？」

「いいえ、特に……」

石津は経過を伝えた。

「木本の四女は宮内弁護士に物事を客観的に考えなければ駄目だと教えられたようで、自分の家族やマントラ解脱教の元信者たちを冷徹に眺められるようになったんだろう」

「実際、『プリハ』の幹部信者と思われる男とインターフォン越しに論理的に喋ってましたよ」

「そう。四女が代理人の弁護士と『プリハ』の教団本部を訪ねたのは、単に忠告したかっただけなんだろうか」

「参事官、どういうことなんでしょう？」

「木本聖美は、『プリハ』の関係者が東京拘置所から密かに父親の遺骨を盗み出したのではないかと疑っているのかもしれないぞ。元教祖の骨を本尊にすれば、『魂の絆』や『幸せの泉』に流れた元の仲間たちが『プリハ』に戻ってくる可能性もあるじゃないか」

「ええ、そうですね。それどころか、新たな信者を獲得できそうだな。参事官の筋読みは鋭いですね」

「なあに、ヒントがあったんだよ。公安部の人間に教えてもらったんだが、死刑囚の遺骨の引き取りを身内が拒否した場合、骨箱は雑司ケ谷霊園の片隅にある合同墓に納められてるらしいんだ」

「そうなんですか。そのことは知りませんでした」

「わたしもだよ。引き取り手のいない死刑囚たちの遺骨はちゃんと供養されてるそうだが、五人の人間を連続で殺して死刑になった男の遺骨が何者かに盗み出されて、まだ見つかってないらしいんだ。盗られたのは八月上旬だったそうだよ」

「その遺骨は、木本忠夫の骨箱の中身とすり替えられたんではないかという推測なんですね？」

「そうなんだが、リアリティーがないだろうか」

「いいえ、考えられると思います。東京拘置所の職員なら、遺骨をすり替えることは可能でしょう。もしかすると、『プリハ』『魂の絆』『幸せの泉』のどこかが刑務官を抱き込んで木本の遺骨を外に持ち出させたのかもしれませんね」

「わたしも、そう推測したんだ。そうだ、まだマスコミでは報じられてないが、『幸せの泉』が十カ月ほど前に分裂して『継承者クラブ』が結成されたというんだよ」

「そうなんですか」

「『継承者クラブ』の代表は、西浦洋子という四十七歳の女性だそうだ。教団本部は北陸地方にあるらしいんだが、代表は東京に住んでるという話だったな。木本の長女以外の妻子は二手に分かれてしまったが、四つの分派とはそれぞれ友好関係にあるようだ。四女といがみ合ってる三女は父親を敬ってたというから、どこかの分派と手を組んで木本の遺骨を神格化する気でいるのかもしれないぞ」

「そうですね。雑司ケ谷霊園の死刑囚合同墓から骨箱が盗み出されたんなら、すでに木本の遺骨は東京拘置所にないんじゃないだろうか。参事官、どう思われます?」

「そう考えてもよさそうだね。『プリハ』の教団本部にあるのかもしれないが、そのことを認める信者はいないだろう。ほかの三派のどこかが木本の遺骨をまんまと盗み出してたとしても、そのことを吐くことはないと思うよ」

「四派に探りを入れるより、私生活が急に派手になった刑務官を見つけ出したほうが捜査は捗(はかど)るでしょう」

「だろうね」

「いったん『プリハ』を離れて、小菅(こすげ)の東京拘置所周辺で聞き込みをしてみます」

「そうしてくれないか」

尾崎が言って、先に電話を切った。

石津はポリスモードを懐に仕舞(しま)うと、レンタカーを走らせはじめた。

4

焦点がぼやけた。

石津は目を閉じた。東京拘置所周辺に設置された防犯カメラの映像を数多くチェックさせてもらっているからだろう。

いま石津は、東京拘置所の斜(なな)め前にある分譲マンションの管理人室でモニターに目を向けていた。

ちょうど十軒目の聞き込み先だった。木本忠夫が死刑になったのは、二〇一八年の七月六日だ。同じ日に元幹部信徒ら六人の刑も執行された。七月二十六日には、残された六人の死刑囚も絞首台に消えた。

木本聖美の代理人の宮内弁護士が東京拘置所の責任者からマントラ解脱教の元教祖の死刑執行を告げられたのは、六日の正午前だった。人権派弁護士は木本忠夫の四女に電話をかけ、亡父の遺体と遺品を引き取る気があることを確認した。

聖美は七年前から代理人とともに、刑が執行された後の亡父の遺体の引き渡しを東京拘置所に求めていた。計五回にわたって要望書を提出していたが、それが実現するかどうかは不安だった。

木本の四女は七月七日の午後、宮内弁護士と一緒に東京拘置所に出向いた。亡父の亡骸と対面し、必要な手続きを済ませた。遺体が火葬されたのは翌々日のことだった。

木本聖美は宮内弁護士と相談して、遺骨をパウダー状にしてから海に散骨したいと考えていた。

元教祖の遺骨は、信者にとって特別な意味を持つにちがいない。亡父の遺骨が後継団体のどこかに安置されたら、崇拝の対象になるだろう。それは避けなければならない。それで、散骨がベストと考えたわけだ。

ただ、その後に迷いが生じた。散骨した海を元信者たちに知られたら、その海域が〝聖地〟のようになってしまうだろう。

四女以外の遺族も無視できなかった。故人の妻、次女、三女、長男、次男の代理人である大物弁護士は遺族連名の遺体引き渡しを法務大臣に要請していた。そのことを無視する形で四女は亡父の遺骨を引き取る気になった。それだから、親姉弟(おやきようだい)たちと関係がこじれてしまったのだ。

これがマスコミで報じられた経過である。法務省と東京拘置所は協議の末、遺族が妥協点(きようてん)を見出(みいだ)すまで木本忠夫の遺骨を保管することにしたようだ。

石津は瞼(まぶた)を開け、ふたたびモニターを凝視しはじめた。

木本忠夫が火葬された翌日の夕方、東京拘置所の正門の近くに不審なマイクロバスが停まった。『プリハ』の修行服をまとった十数人の男が硬い表情でマイクロバスを降り、拘置所の周辺に散った。

布で覆った無人小型飛行機(ドローン)を抱えている者も見られた。ドローンを東京拘置所の上空で旋回させ、木本元教祖の遺骨の保管場所を突き止める気だったのだろうか。

そうだったとしたら、軍用炸薬(さくやく)を積んだドローンを拘置所に激突させて爆破する気なのかもしれない。騒ぎの最中に木本の元弟子たちがパラ・プレーンかスカイ・カイトで拘置所内に密(ひそ)かに舞い降り、元教祖の遺骨を持ち去る計画を立てたのではないだろうか。

B級アクション映画のような作戦だが、マントラ解脱教は無差別テロ事件を起こし、毒ガスや自動小銃も密造していた。そのことを考えると、ありえない話ではないだろう。

石津はそこまで推測し、マイクロバスに乗っていた男たちが『プリハ』の修行服を着用していたことに違和感を覚えた。犯罪を企てている人間が、わざわざ正体がわかるような衣服に身を包むだろうか。常識では考えられないことだ。

『プリハ』が木本の遺骨を横奪りしたがっていると見せかけるための偽装工作と判断してもいいだろう。『プリハ』から独立した『魂の絆』が『プリハ』に濡衣を着せようとしたのか。

あるいは、『幸せの泉』がミスリード工作のシナリオを練ったのだろうか。それとも、『幸せの泉』と袂を分かった『継承者クラブ』が『プリハ』を悪者にして、木本の遺骨で一気に信者数を増やしたいと願っているのか。

疑えば、三つの分派はいずれも怪しく思えてくる。石津は防犯カメラの映像をすべて観た。八月末日までの映像をチェックしたが、ほかに気になる場面はなかった。

石津は録画を停止させた。

ちょうどそのとき、五十代後半の管理人がモニタールームに入ってきた。捧げ持った盆には湯呑み茶碗が載っていた。

「刑事さん、大変でしょう。一息入れてください。粗茶ですが、どうぞ！」

「気を遣っていただいて、恐縮です。遠慮なくいただきます」

石津は盆ごと受け取って、テーブルの上に置いた。安川と名乗った管理人が横の回転椅子に坐った。

「捜査されてるのは、九月の中旬に轢き殺された高瀬さんの事件でしたね」

「ええ、そうです」

「わたし、『ニュースオムニバス』をよく観てたんですよ。警察学校の元教官のコメントは、いつも的確でしたね。多才な方だったんでしょうね。防犯コンサルタントが表看板だったんでしょうが、犯罪ジャーナリストやテレビのコメンテーターとしても活躍されてたのですから」

「そうですね。東京拘置所周辺で、高瀬亮さんを見かけたことは？」

石津は問いかけた。

「いいえ、ありません。もし見かけたら、握手させてもらったでしょうね。わたし、あの方のファンだったんですよ。青年のように正義感を持ちつづけられる中高年は少ないでしょう。ほとんどの人間は年齢を重ねるごとに社会悪や犯罪に関心を示さなくなって、小市民生活に埋没してしまう。かく言うわたしも、そのひとりなんですがね。それだから、高瀬さんのように一本筋の通ってる方に憧れるんですよ」

「二〇一八年の七月上旬にマントラ解脱教の木本元教祖の死刑が執行されたわけですが、その後、かつての弟子たちを東京拘置所の周辺で見かけたことはあります？」

「『プリハ』の信者たちが七月中はよくうろついてましたよ。連中は修行服というのか、古代服みたいなものを着てました。それだから、マントラ解脱教の最大後継団体のメンバーとわかったんです」

「そうですか」

「高学歴な青年たちが、なぜ木本の超能力がインチキだと見抜けなかったんでしょうか。わたし、不思議で仕方ないんですよ。元教祖はいつでも自分は空中浮揚できると豪語していたようですが、カメラのトリックで床から数十センチも離れてるように見せてただけなんじゃないですかね。週刊誌か何かに、そのトリックのことが載ってたんじゃなかったかな」

「政治思想や宗教は思い込みが理性よりも勝りますんで、インテリ信者たちは木本の教義の矛盾や疑問点を見抜けなかったんでしょうね」

「そうなんでしょうか」

安川が唸った。石津は湯呑み茶碗を持ち上げ、緑茶を啜った。

「遺族の対立があって、未だに木本忠夫の遺骨は東京拘置所に安置されてる。妻でも四女でも早く骨箱を引き取ってもらいたいですよ。まごまごしてたら、『プリハ』の連中に遺骨を横奪りされるかもしれません。現に『プリハ』の修行服を着た連中が拘置所の周りをうろついてましたからね」

「管理人さん、それはミスリード工作だったのかもしれませんよ」

「というと、『魂の絆』あたりが『プリハ』の仕業に見せかけて木本元教祖の遺骨を拘置所から盗み出す気だったのでしょうか」

「ほかの分派か故人の遺族も『プリハ』の仕業に見せかけて……」

「遺骨を拘置所から持ち出そうと画策した可能性も否定できないのか」

「ええ、そうですね。木本の遺骨を神格化すれば、昔のように一万人以上の信者を集められるでしょうから。資産家の子女をたくさん信徒にすれば、浄財金もかなり集まるはずです。マントラ解脱教は金持ちの子女たちを人質に取って、両親に多額の寄附金をせびってた疑いがあったようですよ」

「そういうことをしなければ、教団の運営はできなかったんでしょう。『プリハ』や『魂の絆』は浄財だけで賄っているんでしょうか。信者数はそれほど多くありませんから、非合法ビジネスで荒稼ぎしてるのかもしれませんね」

安川が呟くように言った。

石津は曖昧にうなずいたが、ヒントを得た気がした。後継団体各派のダーティー・ビジネスの証拠を押さえれば、高瀬の死に絡んでいるか追及できるのではないか。

「高瀬亮さんが東京拘置所周辺に出没してたとしたら、木本の遺骨の行方が気になってたんではありませんか」

「ええ、考えられますね。防犯カメラに拘置所の職員たちが大勢映ってるでしょうが、その中に身なりが急に派手になったという者はいませんか？」

「そういう人間はいなかったと思うな。顔見知りの刑務官とは季節の挨拶をする程度でよくわかりませんが、みんな真面目人間に見えますから、マントラ解脱教の残党たちに抱き込まれて遺骨の持ち出しに協力した刑務官なんていないでしょう」

「どんな真面目な人間でも、金の嫌いな奴はいないと思います。一千万とか二千万の謝礼をくれるんなら、魔が差すこともあるんではありませんか」

「そう言われると、確かに……」

安川が口を閉じた。それを汐に、石津は辞去した。

分譲マンションを出て、プリウスで最寄りの私鉄駅のある方向に走る。

数百メートル先にスーパーマーケットがあった。レンタカーを店の専用駐車場に入れる。

石津は店長との面会を求め、刑事であることを明かした。小太りの店長は同世代で、捜査に協力的だった。

石津は、奥にある事務室に導かれた。その一隅に防犯カメラのモニターが六つ並んでいた。四台は店内用で、残りの二台のカメラは出入口と専用駐車場に設置されていた。

「名札をぶら提げていますが、わたし、後藤と申します。何か犯罪に関与した疑いのある人物が、当店で買物をしたのでしょうか？」

店長が訊いた。

「そうじゃないんですよ。店外の様子が撮られてる映像の七月上旬から八月末の分を観せていただきたいんです。映像は半年前後、保存してあるんでしょ？」

「原則として、当店は五年分は保存してあります」

「それでは、観せてもらえますか。よろしくお願いします」

石津は頭を下げた。後藤店長がモニターのある所に向かい、該当する日時の記録を呼び出した。

石津は店外用モニターの前にある椅子に腰かけ、日付順に映像をチェックしはじめた。

七月九日から十五日に撮られた映像には高瀬亮が映っていた。どれも午後六時過ぎに撮影されたものだが、外は残照で明るい。

スーパーマーケットの前を通過した高瀬は、二十七、八歳の男を尾行している様子だった。尾けられている男はがっしりとした体格で、背も高い。

崩れた印象は与えないが、サラリーマンには見えなかった。刑務官かもしれない。殺された高瀬は、追尾中の相手が木本忠夫の遺骨を東京拘置所から密かに盗み出したと睨んだのだろうか。

そうなら、被尾行者が盗んだエルグランドで高瀬を轢殺した疑いは拭えない。それとも、実行犯は犯罪のプロだったのか。

石津は必要な映像箇所を静止させ、画像としてポリスモードに収めた。動画も一部を保存した。

それから間もなく、店長の後藤が近づいてきた。

「役に立ちそうな映像はありましたか？」

「ええ、ありました。後藤さん、前を行く体格のいい男性に見覚えはありますか？」

石津は映像を逆送りし、再生ボタンを押した。後藤店長がモニターに目をやる。

「あっ、映ってるのは東京拘置所の職員の方ですよ。まだ独身で、刑務官住宅で暮らしてるみたいですが、よく夜食や酒のつまみを店で買ってくれてたんです」

「この男の名前はわかります？」

「そこまではわかりません。同僚らしい方と一緒にいらしたときは、小野か大野と呼ばれてた気がします。でも、そう聞こえただけなのかもしれません」

「そうですか。東京拘置所の職員たちは、この周辺の飲食店で酒を飲んだり、飯を喰ったりしてるんだろうか」

「結婚してる刑務官たちは、自宅でアルコールを飲んでるみたいですね。ビールをダースで買ってくれましたから」

「そうだったんでしょうね。独身の刑務官たちは北千住や上野あたりまで足を延ばして、居酒屋、スナック、カラオケ店に行ってるのかな。ついでに、風俗店で遊ぶ奴もいそうだな」

「多分、いるでしょう。職住が隣接してたら、地元では羽を伸ばしにくいでしょうから」

「そうだろうな。それでも、仕事のある日はわざわざ遠くの盛り場まで行くのは面倒でしょ？」

「そうですよね。ですんで、駅の周辺にある飲食店で一杯飲る刑務官もいると思います。死刑台の床を落とすボタンは意図的に三つ作ってあって、三人の立ち会い刑務官が同時に……」

「ボタンを押すことになってるようですね。自分が押したボタンで死刑囚の命を奪ったとわかったら、なんとも言えない気持ちになるでしょう」

「執行ボタンをどの刑務官が押したのかわからないような造りになってても、三人のうちの誰かが直に死刑を執行するわけです。そのことを考えたら、死刑の執行を担当された日は前後不覚になるまで泥酔したくなるんではないかな」

「そうでしょうね。たとえ死刑囚でも、相手は人間なんです。合法的な人殺しをさせられてるんだから、デリケートな奴は神経がまいってしまうだろうな」

「実際に特殊な職務に耐えられなくなって、二十代で刑務官を辞めた方が何人かいるようですよ」

「そうでしょうね。映像の男も、時には最寄り駅の近くにある飲食店で深酒をした夜もありそうだな。後藤店長、映像の男を地元のスナックで見かけたことは？」

「たまに駅周辺で飲みますけど、スナックで例の人物を見たことはないですね。ただ、駅の向こう側にある『浜千鳥(はまちどり)』から出てくるところを一度見た記憶がうっすらと残ってます。映像の彼が『浜千鳥』の常連だったら、もっと役に立つ情報を得られるんじゃないですか」

「でしょうね」

店長が小声で言った。

「刑事さん、映像の刑務官はかなり危(ヤバ)いことをやったんでしょうね」

「聞き込み先で捜査内容を詳しく喋ってはいけないというルールがあるんですよ」

「わたし、絶対に他言はしません」

「ルールを破ると、面倒なことになるんですよ。ご理解いただけませんか。ご協力に感謝します」

石津は椅子から立ち上がり、事務室を出た。店内のフロアを抜けて、専用駐車場に急ぐ。

レンタカーに乗り込むと、石津は尾崎参事官のパーソナル・コンピューターにさきほどの静止画像と動画を送信した。

少し経(た)つと、石津のポリスモードに参事官から連絡があった。

「高瀬亮は誰かを尾行してるようだね？」

「ええ。東京拘置所から数百メートル離れたスーパーマーケットに設置された防犯カメラの映像です。静止画と動画の両方が届いてますでしょ?」

「ああ、届いてる。だが、尾けられてる男の姿がちょっと不鮮明だね。マークされてるのは誰なの?」

「東京拘置所の職員と思われます」

「ということは、高瀬亮は木本忠夫の遺骨を刑務官が別の死刑囚の骨とすり替えて外に持ち出した疑いがあると筋を読んだんだろうね。石津君、そう解釈してもいいんだろう?」

「ええ。尾けられてる男の画像を3D化してもらって、正確な職業、氏名、年齢、現住所を割り出していただけませんか」

「ああ、わかった。少し時間をくれないか。男の正体がはっきりしたら、すぐ石津君に連絡するよ」

「待っています」

石津は電話を切って、煙草(たばこ)に火を点(つ)けた。

一服して間もなく、刑事用携帯電話(ポリスモード)が震動した。石津はすぐにディスプレイを見た。電話をかけてきたのは参事官の尾崎だった。

「映ってた男は小野徹(とおる)という名前で、東京拘置所の刑務官だったよ」

「仕事が速(はや)いですね。で、年齢はいくつなんです?」

「小野徹は二十八歳で、神奈川県の厚木出身だよ。都内の中堅私大を卒業してから、刑務官になった。大学では柔道部に籍を置き、段位は四段だ」

「それで、体格がいいんだな」

「まだ独身なんで、拘置所の敷地に建つ単身者用官舎で寝起きしてる。だいぶ酒が好きなようで、酔った勢いで同僚を殴って始末書を一度取られてるな」

「特定の女性はいるんですかね」

「そこまでは調べられなかったよ。必要なら、刑事部長付きの者を動かしてもいいが……」

「いいえ、自分で調べ上げます」

「そうか」

「東京拘置所の職員は死刑の執行に立ち会わされるんで、酒で重い気持ちを吹き飛ばしてるんでしょう。非番の日は盛り場に繰り出して、ガス抜きをしてるんだと思います」

「そうなんだろうな」

「ですが、平日は地元の飲食店で息抜きしてるんでしょう。聞き込みで、小野徹が『浜千鳥』という居酒屋から出てくるところを目撃したという証言を得ましたんで、これから『浜千鳥』に行ってみます。何か進展がありましたら、報告します」

　石津は通話を切り上げ、プリウスのエンジンを唸らせた。

第三章　怪しい刑務官

1

造作(ぞうさ)なく『浜千鳥』は見つかった。

間口(まぐち)は、あまり広くない。石津は店内を覗(のぞ)き込んだ。奥のテーブル席に三人の先客がいるきりだった。

五十代半ばの男が板場に立っていた。多分、店主だろう。奥の厨房(ちゅうぼう)には五十三、四歳と思われる女性の姿が見える。店主の妻だろうか。

石津は入店し、出入口のそばのカウンター席は空いている。

「いらっしゃい！　お飲みものは何になさいます？」

店主らしき男が愛想よく声をかけてきた。

「酒は嫌いじゃないんですが、車なんですよ。ノンアルコールビールにします。まだ夕食を摂ってないんで、何か丼物があれば……」

「中トロ丼なんかいかがでしょう？」

「それをお願いします。こちらは全席禁煙でしょうね？」

「うちは喫煙、オーケーなんですよ。思う存分、喫ってください」

「話のわかる大将で助かります。ヘビースモーカーなんですよ。煙草を喫わない人たちに迷惑をかけることは悪いと思ってるんですが、ニコチンが切れると……」

「奥のテーブルの三人連れも愛煙家なんで、遠慮されることはありませんよ」

「ええ」

石津はセブンスターをくわえて、使い捨てライターで火を点けた。深く喫いつけながら、調査会社の社員に化けることに決めた。

待つほどもなく、カウンターにノンアルコールビールと突き出しの小鉢が置かれた。小鉢の中身は鮪の角煮だった。

石津はビール風味のソフトドリンクで喉を潤し、鮪の角煮を箸で抓み上げた。

「うちに見えたのは初めてですよね」

店主が庖丁を使いながら、大声で話しかけた。

「ええ、そうです」

「次は歩きで来てくださいよ。酒と肴をいろいろと揃えてますので」

「機会があったら、また寄らせてもらいます。近くに東京拘置所がありますんで、職員の方たちも飲みに来るんじゃありませんか？」

「ええ、見えますね。所帯持ちはたまにしかいらっしゃいませんが、独身の刑務官たちはよく来てくれてます」

「そうですか」

「未決囚担当なら、さほどストレスは感じないんでしょうが、死刑囚を受け持ってる刑務官は緊張の連続みたいですよ。死刑の執行は急に決まることが多いみたいなんです」

「歴代の法務大臣は、死刑執行命令を下すのに迷いに迷った末に決断してるんでしょう」

「だと思いますよ。凶悪な死刑囚でも、人間ですからね。合法的な人殺しの命令を下すわけですので、どの大臣も内心では執行を先延ばしにしたいと思ってるんじゃないですか」

「ええ、そうでしょうね。死刑といえば、二〇一八年の七月中にマントラ解脱教の木本忠夫元教祖を含めて十三人の教団幹部たちが各地の拘置所で絞首台に送られましたでしょ？」

「ええ。元教祖は弟子たちを唆して凶悪な犯罪に走らせたのですから、実に罪深いですよ。潔く一連の事件の首謀者は自分だったと認めて罪を償わなきゃいけないのに、幹部信者たちが勝手に暴走したんだと供述しつづけた。卑怯な男だったと思います」

「同感です」

「そんな木本に洗脳されて殺人や無差別テロ事件の実行犯になった元信者たちは愚かですが、ある意味では被害者でしょう」

「そうですね」

「死刑になった十二人の元幹部はそれぞれ獄中で反省して、罪を償う気持ちになりました。それなのに、アジテーターだった木本は悔むどころか、心神喪失になったと映るような異常行動を繰り返して再審請求を重ねてた。狡い小心者だったんでしょう」

「ただの詐欺師だったと非難されても仕方ないでしょうね」

石津は答えた。

「そんな最低な男を敬ってた元信者たちは、薬物を使ったマインドコントロールで思考が停止しちゃったんだろうな」

「ええ、それは間違いないと思います。ロボット化されてしまったので、なんの迷いもなく凶行に及んだんでしょうね」

「学校秀才と呼ばれてる者たちは学業優秀でも、人間の裏側を読み取る力がないんじゃありませんか。科学で何もかも解明できるとは言い切れませんが、木本に超能力が備わってると信じ込むなんて小学生のレベルですよ」

店主がそう言いながら、中トロ丼を運んできた。

石津は丼を受け取って、箸を使いはじめた。中トロは、ほどよく脂が乗っていた。うまかった。五分そこそこで平らげた。

「そんなにおいしそうに食べてくれたお客さんは初めてですよ。なんか嬉しくなっちゃうな」

店の主が近づいてきて、頬を緩めた。

「本当にうまかったな。実はわたし、調査会社のスタッフなんですよ。『明和リサーチ』という会社の調査員で、中村肇といいます」

石津は作り話をして、ありふれた氏名を騙った。

違法捜査になるが、それほど後ろめたさは感じなかった。反則技を使うことは必要悪だと考えている。

「そうだったのか。それで、誰のことを調査してるんです?」

「ある大手警備会社が現職の警察官や刑務官をヘッドハンティングする目的で、小社にリストアップした人たちの私生活を調べてほしいと依頼してきたんですよ。こちらが担当したのは、東京拘置所で刑務官として働いてる小野徹さんなんです。予備調査で小野さんが『浜千鳥』さんの常連だと知ったもんで、客として入店させてもらったわけですよ。大将にご迷惑はかけませんので、ご協力いただけないでしょうか」

「当店の中トロ丼を誉めてくれたんだから、断るわけにはいかないな。協力しましょう」

「ありがとうございます。小野さんは週にどのくらいの頻度で、こちらに飲みに来てるんでしょう？」

「八月の中旬ごろまで、ほとんど毎晩来てたね」

「同僚の方と一緒に見えてたんですか？」

「そう。たいがい先輩刑務官の三宅雄大と一緒でした。三宅君は小野君よりも二つ年上なんだけど、先輩風を吹かせたりしないんです。小野君を呼び捨てにはしてますが、まるで同学年みたいなつき合い方をしてるんですよ」

「二人は仲がいいんですね」

「何かと気が合うみたいだし、単身者用官舎で同じ階に部屋があるんですよ。だから、二人はよくつるんで飲んでました。でも、最近はあまり『浜千鳥』にも来なくなったな。それから、行きつけの『カサブランカ』というスナックにも足が遠のいてるらしいんですよ。三宅君はひとりで週に一回程度は顔を出してくれますがね」

「二人は何かで仲違いして、気まずくなったんでしょうか」

「わたしもそう思ったんで、それとなく三宅君に探りを入れてみたんですよ」

店主が小声になった。

「それで？」

「別に二人は喧嘩なんかしてないという話だったな。ただ、三宅君によると、小野君は仕事に厭気がさしてる感じだったようですね。彼が死刑の執行に立ち会わされたのは二回目だったそうですが、自分が引いたレバーで二人の死刑囚が息絶えたのではないかという強迫観念にさいなまれて、職務が終わると自分の部屋に閉じ籠るようになったみたいですよ」

「そうなんですか」

「小野君はいい体格してますけど、案外、神経が細いんですよ。この機会に、いっそ転職したほうがいいのかもしれないな。大手警備会社に移れたら、小野君は明るく働けそうですからね」

「三宅という先輩刑務官は今夜、こちらに顔を出しそうですか？」

「一昨日、来たんですよ。今夜はどうだろうか。来ない気がするな」

「そうですか。小野さんは厚木の実家にちょくちょく帰ってるんだろうか」

「年に三、四度しか帰省してないと思うな。両親と同居してる兄夫婦とどうもしっくりいってないようなんですよ」

「そうなんですか。小野さんの女性関係はどうなんでしょう？　特定の彼女はいるんですかね」

「二十代の半ばまでは看護師をしている女性と交際してたと言っていましたが、結婚には至らなかったみたいです。それ以来、恋人と呼べる女性はいなかったと思いますよ。若いから、デリヘル嬢や風俗店で遊んだりはしてるんでしょうけどね」

「金の遣い方が急に荒くなったなんてことはありました？」

「最後に店に来たときは妙に機嫌がよくて、居合わせた客たちの勘定まで払ったんですよ。といっても、総額で五万数千円でしたけどね」

「そういうことは以前にもありました？」

「いいえ、なかったですね。三宅君と一緒のときはいつも割り勘にしてましたんで、珍しいことをやるなと驚きました。思いがけなく臨時収入があったんで、つい気が大きくなったのかな」

「ええ、そうなのかもしれませんね。『カサブランカ』というスナックは、どのあたりにあるんです？」

「店を出て左手に進んで二つ目の角を右に曲がると、数軒先に『カサブランカ』がありますよ。桐子ママは六十七なんですが、まだまだ元気です」

「そうですか」

「若いころは銀座の一流クラブで働いてたようですが、あまり男運がよくなかったんでしょう。独立してミニクラブやジェントルバーを経営してたらしいんですが、駄目男にばかり惚れたんで、いまは場末のスナックのオーナーです。姐御肌で、人情家ですね。けど、商売は繁昌してないんじゃないかな」

「ちょっと『カサブランカ』に行ってみます」

「そうですか」

「大将、わたしのことは小野さんには黙っててくださいね。引き抜かれなかったら、傷つくでしょうから」

「ええ、内緒にしておきましょう」

「お願いします」

石津は椅子から立ち上がって、支払いを済ませた。『浜千鳥』を出て、教えられた通りに進む。

わずか数分で、『カサブランカ』に着いた。

客の姿は見当たらない。六十六、七歳の女性がカウンターのスツールに坐って、細巻きのアメリカ煙草を吹かしていた。

ボックス席が二つあって、低くBGMが流れている。オスカー・ピーターソンのナンバーだった。

「いらっしゃいませ。どちらにお坐りになる？」

「ママの桐子さんですね？」

「そうだけど、どこでわたしの名を聞いてきたの？」

「『浜千鳥』の大将から、この店を教えられたんですよ」

「そうなの」

ママの桐子がスツールを滑り降り、カウンターの中に入った。

「ジンジャエールでもいただきます。実は、客じゃないんですよ」

石津はカウンターに向かい、調査会社の社員になりすました。さきほどと同じように、大手警備会社が小野徹を引き抜きたがっていると嘘をついた。

「小野ちゃんは死刑執行に二度立ち会わされたらしいんだけど、そのことで悩んで転職も考えたことがあるみたいよ」

「そうなんですか」

「大手警備会社で雇（やと）ってもらえるんだったら、そのほうがいいかもしれないね。ただ……」

ママが言い澱（よど）んだ。

「ただ、なんでしょう？」

「私生活に特に問題はないと思うんだけど、おやって思ったことがあるの。八月の末に店に来たときにね。小野ちゃん、いつも安く飲ませてもらってるからって、帯封の掛かった百万円の束を強引にわたしの手に握らせたのよ。若い客たちはそんなに稼ぎがよくないから、リーズナブルな飲み代しか貰（もら）ってなかったの」

「ママは気っぷがいいんですね」

「人生、お金だけじゃないでしょ？」

「そう思います」

石津は相槌を打った。

「だからね、若い子には安くしてやってたのよ。小野ちゃんを特別扱いしたわけじゃないの。それでも、彼、世話になったからと言って、百万円を置いていったのよ」

「そうなんですか」

「けど、その百万円はそっくり自宅に置いてあるわ。遣うわけにはいかないから、そのうち小野ちゃんに返すつもりよ」

ママが言いながら、ジンジャエールのタンブラーを石津の前に置いた。

「ママもお好きなものを飲んでください。会社の経費で落とせますんで」

「それじゃ、高級ブランデーをラッパ飲みしちゃおうかな」

「スコッチでは駄目ですか。オールドパーあたりなら、経費で認めてもらえると思うんです」

「冗談よ。お客さんが来てからアルコールを体に入れることにしてるんで、どうか安心して」

「それでは、何かソフトドリンクでも……」

「気を遣ってくれなくてもいいのよ。話を脱線させちゃったけど、わたし、何か厭な予感がしてるの。もしかしたら、小野ちゃんは危ない橋を渡って、副収入を得たんじゃないのかな」

「何か思い当たることでもあるんですか？」

石津は早口で訊いた。

「ううん、そういうわけじゃないの。小野ちゃんは酔っ払って、刑務官で終わる気はないんだと洩らしたことがあるのよ」

「民間会社に移る気持ちがあったんでしょうか」

「そうじゃないと思う。彼は、よく一国一城の主になりたいと言ってたの。何か商売をしたいと考えてるんじゃないのかしら？　でも、親兄弟から開業資金を調達はできないし、貯えも多くはないでしょうから……」

「まだ二十八ですからね。倹約家だったとしても、一千万は貯まらないと思うな」

「でしょうね。だから、小野ちゃんが悪事に加担して、少しまとまった報酬を得たんじゃないかと思ったわけよ」

「それを裏付けるようなことでも？」

「夏になってから小野ちゃんは塞ぎ込むようになったんだけど、急に金回りがよくなったのよ」

桐子が言った。石津は、『浜千鳥』の店主から聞いた話を思い出していた。だが、不用意なことは口にしなかった。

「彼は二つ年上の刑務官と一緒に飲みに来ることが多かったのよ」

「その先輩刑務官は、三宅雄大さんなんでしょ？」

「そうです、そうです。『浜千鳥』の大将から聞いたようね」

「ええ、その通りです。二人はたいがい割り勘で飲むことが多かったそうじゃないですか」

「ずっとそうしてたんだけど、三宅ちゃんの分も小野ちゃんが払うようになったのよ。毎回ってわけじゃなく、二回に一回ぐらいね。二つ年上の三宅ちゃんは、なんだか困惑してる感じだったわ」

「後輩に奢ってもらったら、なんかカッコ悪いですから」

「三宅ちゃんは割り勘を主張したんだけど、結局は小野ちゃんに押し切られちゃったの」

「小野さんが汚れた裏仕事をしていたとしたら、どんなことをしてたんですかね」

「オレオレ詐欺の片棒を担げば、手っ取り早く荒稼ぎできるんじゃない？　覚醒剤の密売も、たっぷり甘い汁が吸えそうね。だけど、現職刑務官がそこまでは堕落しないでしょう」

「ええ、考えにくいと思います」

「彼は未決囚に自分のスマホを使わせてやったり、こっそり煙草やチョコレートを渡してたんじゃないのかな。で、未決囚の親族からお礼を貰ってたのかもしれないわね」

「そういうことを繰り返しても　大きな謝礼は得られないでしょう？」

「そうか、そうでしょうね」

　ママが考える顔つきになった。

「小野さんは柔道四段みたいですが、ほかに何か特技はないんでしょうか」

「彼、大学生のときに親類が経営してる電気工事会社で長いことアルバイトをしてたはずよ。国家試験は受けてないけど、見よう見真似で電気工事の技術を習得したんだって」

「公務員のアルバイトは禁じられていますが、小野さんはこっそり非番の日に電気工事を請け負ってたんでしょうか」

「そのアルバイトでは、とても事業資金など工面できないでしょ？」

「ま、そうでしょうね」

「小野ちゃんは開き直って、何か危いことをしたんじゃないのかな。夏以降、六本木の『ハニーハウス』という高級クラブに足繁く通ってるって噂だから、お気に入りのホステスでもいるんじゃないの」

「そうだとしたら、だいぶ金がかかるでしょうね」

「小野ちゃんは女擦れしてないから、クラブの娘にカモにされてるんじゃないかな。夜の仕事をしてるのは性悪女ばかりじゃないけど、金だけを求めてる娘もいるからね。小野ちゃんは気に入ったホステスにとことん貢がされて、無一文になっちゃうかもしれない

「捨て身になった女性は、怖いものなしですからね。男たちを平気で手玉に取って、欲しいと思ってる物品や金を漁りますな」

「あなたも油断しないほうがいいわよ」

「ご忠告、ありがとうございます」

石津は小さく笑って、タンブラーを傾けた。

ジンジャエールを半分ほど喉に流し込んだとき、ママの桐子がはっとした顔つきになった。

「どうされたんです?」

「考えすぎだと思うけど、マントラ解脱教の元教祖が火葬された三日後の深夜、東京拘置所が急に一時間ほど停電して大騒ぎになったのよ。テレビや新聞では報じられなかったんだけど、バックアップの発電機も作動しなかったらしいの」

「そうなんですか。あなたは小野さんが誰かに頼まれて、わざと停電させたのではないかと思われたんではありませんか」

「ほんの一瞬だけど、そう思ったのよ。でも、小野ちゃんはそんなことしないでしょう。ええ、するわけないわ。停電させることはできても、未決囚や死刑囚を脱獄させるのは不可能だろうし」

「ええ、難しいでしょうね。しかし、停電のどさくさに紛れて何かを盗み出すことはできるかもしれませんよ」

「何かって？」

「具体的にはわからないんですが……」

石津はカウンターに一万円札を置き、スツールを離れた。

「お金はいらないわ。ジンジャエールは店の奢りにしておくわよ」

「調査に協力していただいたんですから、受け取ってくれませんか」

「どうすればいいの⁉」

ママが肩を竦めた。石津は軽く頭を下げ、急いで『カサブランカ』を出た。

桐子ママの推測は、あながち的外れではないかもしれない。小野徹は誰かに抱き込まれて、東京拘置所の送電を故意にストップさせ、発電機も使えないようにしたのだろうか。

刑務官なら、すべての鍵のスペアを予め用意することは可能なのではないか。拘置所が真っ暗になったのを見届け、小野を抱き込んだ者は所内に侵入して、木本忠夫の遺骨を盗み出したのかもしれない。そのとき、別の死刑囚の骨箱とすり替えたのか。

いまごろ小野は、六本木の『ハニーハウス』で上機嫌で飲んでいるかもしれない。

石津はレンタカーを駐めた裏通りに向かって駆けはじめた。

五、六十メートル走ったときだった。

2

石津は背後から誰かに呼び止められた。男の声だった。石津は立ち止まり、振り返った。三十代の前半に見える男が駆け寄ってくる。

中肉中背だった。綿の長袖シャツの上にパーカを羽織(はお)っている。下は黒っぽいチノクロスパンツだった。

「失礼ですが、『明和リサーチ』の方ではありませんか?」

「そうですが、あなたは?」

「三宅と言います。小野、小野徹の同僚です。もうご存じでしょうが、自分らは東京拘置所で働いています。刑務官をやってるんですよ」

「こっちのことは、『浜千鳥』の大将に聞いたのかな?」

「はい、そうです。大将は、あなたが桐子ママの店に行ったはずだと言ってたんで……」

「『カサブランカ』を覗く気になったわけか」

「ええ。店のある通りから、あなたが現われたので、声をかけさせてもらったんです」

「ちょうどよかった。こっちも三宅さんに会って、小野さんのことを教えてもらいたいと考えてたんですよ。道端に寄ろうか」

「はい」

二人は通りの端に移動した。向かい合う。

「『浜千鳥』の大将から聞いたんですが、大手警備会社が小野を引き抜きたがってるそうですね」

「そうなんだ。ただ、小野さんがギャンブルや女に狂ってたら、依頼会社は採用を見合わせるでしょう」

「それは当然だと思います」

「『浜千鳥』の大将の話によると、小野さんは急に金回りがよくなったみたいだね」

「そうなんですよ。小野のことは親友(マブダチ)と思っているので、告げ口なんかしたくないんですけど、あいつが横道に逸(そ)れるのはなんとか喰(く)い止めたいんです」

「小野さんが金銭的に豊かになったのは、何か非合法ビジネスに手を染めたからじゃないのか。三宅さんはそう考えてるのかな」

石津は言った。

「そう思える節(ふし)があるんですよ。二〇一八年の七月上旬にマントラ解脱教の元教祖の木本忠夫が死刑になりましたが、その翌日、小野は自分に覚(さと)られないようにして、芝(しば)の金杉橋(かなすぎばし)で屋形船に乗り込んだんですよ。あいつの様子がおかしかったんで、自分は小野を尾(つ)けたんです」

「小野さんは屋形船の中で誰かと密かに会った。そうなんでしょ？　裏社会の人間と落ち合ったんだろうか」

「いいえ。後で調べてわかったことですが、屋形船をチャーターしたのはマントラ解脱教の最大後継団体の『プリハ』の関係者と称する人間だったんですよ」

「ええっ」

「『プリハ』は足立区内にある教団本部ビルを即金で購入したようです。中古とはいえ、土地が百坪あるんで、二億七、八千万円で買ったんじゃないのかな」

「そうだろうね」

「『プリハ』の信者は千五百人弱のはずです。浄財だけで、購入資金を調達できるとは考えにくいでしょ？」

「マントラ解脱教団には巨額の隠し金があったと噂されてたから、『プリハ』の久松代表はその多くを手に入れてたんじゃないのかな」

「木本忠夫や幹部たちが逮捕されたのは、二十数年前ですよ。仮に久松が隠し金の半分をせしめてたとしても、とうに運営資金は底をついたでしょ？」

「そうかもしれないな」

「『プリハ』は何かダーティーなことをやって、教団を維持してきたんだと思いますよ。

合成麻薬や銃器を密造して、ネットの裏サイトで売ってたのかもしれません。あるいは、売春クラブやハプニング・パーティーを運営してるんだろうな」

「ハプニング・パーティーというのは、一種の乱交パーティーだよね？」

「ええ、そうです。主催者に雇われた女子大生、人妻、売れてないタレントたちがアイマスクをして、男性会員のセックス・パートナーを務めてるようですよ。男性会員は富裕層が多いみたいですから、入会金やプレイ代は高額なんでしょう」

「だろうね」

「小野は『プリハ』に抱き込まれて、非合法ビジネスを手伝ってる疑いがあるんですよ。ただ、そのことを調査の依頼主には報告しないでもらいたいんです。それなりのお礼はしますので」

「虚偽の調査報告書なんか書けないよ」

「そこをなんとか……」

三宅が拝む真似をした。

「そこまで小野さんを庇おうとするのは、なぜなのかな」

「小野は一生つき合えそうな友人なんで、転職を機に悪事から手を引いてほしいんです」

「麗しい友情だと言いたいところだが、三宅さんの考えはただの甘やかしじゃないかな」

「そうでしょうか。自分、なんとか小野を救いたいんですよ。あいつが転職したら、淋しくなるでしょう。でも、それで小野が悪事をしないようになれば、自分はいいと思ってるんです」

「『カサブランカ』のママに聞いたんだが、小野さんは六本木の『ハニーハウス』という高級クラブによく通ってるらしいね」

「ええ。麻布署の近くにあるSKビルの三階にあるんですが、ホステスの大半が現職モデルやタレントなんですよ」

「店に行ったことは？」

　石津は問いかけた。

「小野に誘われて一度だけ飲みに行ったことがあります。キャバクラを洗練させたような店内装飾で、ゴージャスでした」

「なんで小野さんは三宅さんを店に誘ったんだろうか。高いクラブに連れてったら、急に懐が温かくなったことを怪しまれると思わなかったのかな」

「小野は一目惚れした樹里というホステスを自分に見せたかったんでしょうね。樹里は女性週刊誌の表紙を飾ったこともある二十二歳のモデルなんですよ。ルックスはもちろん、プロポーションも抜群です。小野がのめり込むのは無理ないでしょう」

「樹里というのは、源氏名なんだね」

「ええ、そうです。本名は真屋美寿々だったかな。広尾の高い賃貸マンションに住んでるらしいから、パトロンに近い男がいるんだと思います。ある程度の額の手当はそいつから貰ってるんでしょうけど、樹里はもっと贅沢をしたいんで……」

「夜は『ハニーハウス』で働いてるわけか」

「多分、そうなんでしょうね。小野は樹里にぞっこんって感じですが、彼女のほうは別に恋愛感情なんか持ってないと思います。二人が惹かれ合ってるんなら、なんとなく素振りでわかりますでしょ？」

「そんな雰囲気じゃなかったんだ？」

「ええ」

「話は飛ぶが、木本忠夫の遺骨の引き取りを巡って対立してた家族はまだ揉めてるの？」

「四女と三女がそれぞれ父親の遺骨を引き取りたいと主張しつづけて、どちらも一歩も譲らないようです」

「確か三女の側には、母親と姉弟たち全員がついてるんじゃなかったかな」

「そうなんですよ。四女は人権派弁護士を代理人にして、母や姉弟たちとことん争うようですが、どういう結果になりますかね」

三宅が喋りながら、目を何度か逸らした。

石津は、それを見逃さなかった。これまでに刑事として、数多くの犯罪者と接してきた。前科の多い者は取り調べで、平然と嘘をつく傾向がある。

しかし、犯歴のない被疑者は疚しさがあると、たいがい落ち着きを失う。目の焦点が定まらなくなり、焦りが表情に出がちだ。

三宅は明らかに狼狽している。東京拘置所に木本忠夫の遺骨はもう保管されていないと推測してもいいのではないか。

「それから『カサブランカ』の桐子ママに聞いたんだが、木本の亡骸が火葬された三日後の深夜、東京拘置所が一時停電したんだってね。バックアップ用の発電機も使えなくされてたとか」

「その日、自分は非番だったんですよ」

「そう。誰かが故意に停電させたんだろうな」

「えっ、なんのためにです？」

「これは単なる想像なんだが、拘置所の職員の誰かが停電させて、木本の遺骨を盗み出したんじゃないだろうか。そうじゃないとしたら、外部者を所内に導いて木本の遺骨を持ち去らせたのかもしれないな。その際、別の死刑囚の遺骨を保管場所に置いたとも考えられる」

「木本の遺骨は、ちゃんと東京拘置所にありますよ」

「三宅さんは、保管の職務を担ってるの？」

石津は質問した。

「いいえ、担当が違います」

「小野さんは？」

「あいつも保管係ではありません」

「なら、まだ木本の遺骨が所内にあるとは断言できないでしょ？」

「それはそうですが、拘置所はどこもセキュリティがしっかりしてます。木本の遺骨を外に持ち出すことなんか不可能ですよ」

「確かに難しいだろうね。しかし、内部者なら防犯システムを狂わせることはできるんじゃないのかな。すべての合鍵を事前に作ることも、不可能ではないと思う」

「そ、そんなことは絶対に無理ですよ」

「小野さんは大学生のころ、親類が営んでる電気工事会社でアルバイトをしてたらしいね。『カサブランカ』の桐子ママがそう言ってた」

「まさか小野が故意に停電させたと疑ってるんじゃないでしょうね」

「小野さんは急に金回りがよくなったようだから、木本忠夫の遺骨の盗み出しに協力したと疑えなくもないでしょ？」

「あいつを犯罪者扱いするのはやめてほしいな。状況証拠さえ固まってないのに、そこまで疑うのは人権問題ですよ」

「なら、小野さんはなぜ急に羽振りがよくなったのかな？」

「もしかしたら、小野は『プリハ』に抱き込まれて、危険ドラッグの密売を手伝ってたのかもしれません。そうじゃないとしたら……」

　三宅が言いさして、急に黙り込んだ。

「ほかにどんな犯罪が考えられる？」

「小野は『プリハ』を脱会した元信者に難癖をつけて、多額の寄附金を払えと脅迫してたのかもしれないな」

「元信者を脅迫しても、大口の浄財は期待できないんじゃないか」

「元信者には、おそらく経済的な余裕はないでしょう。それだから、相手の両親や祖父母から金を毟り取って、小野はその何割かを受け取ってたのかもしれませんよ」

「小野さんに恐喝をやらせたくて、『プリハ』がわざわざ屋形船を貸し切りにしてもらったとは思えないな。『プリハ』が小野さんを仲間に引きずり込んだんなら、もっと大きな犯罪に加担させたんだろう」

「たとえば、どんなことが考えられます？」

「『プリハ』は社会的に成功した者たちのスキャンダルを恐喝材料にして、現職刑務官に〝集金〟を任せたのかもしれないよ。そうじゃなかったとしても、小野さんはまともな手段で臨時収入を得たんじゃなさそうだな」

「そういう疑いを持たれても仕方ないんでしょうが、あいつは停電騒ぎには関与してないはずです。木本の遺骨を盗んだなんてことは絶対にないですよ」

「停電騒ぎがあった夜、小野さんは職場にいたのかな」

「その日は夜勤じゃありませんでした」

「だからといって、小野さんが職場にはいなかったとは断定できないよね？」

「そうですが……」

「小野さんが故意に停電させなかったとも言い切れないでしょ？　その気になれば、防犯センサーに引っかからない方法で拘置所に忍び込むことはできるんじゃないのかな」

「仮に無断侵入できたとしても、拘置所から外に出ることはできませんよ。無数の防犯カメラが設置されて、赤外線センサーがそこら中に張り巡らされてるんですから」

「だろうが、何か抜け道があるのかもしれないよ」

「疑い深い方だな。まるで刑事みたいじゃないですか」

三宅が顔をしかめた。石津は危うく笑いそうになった。必死に笑いを堪える。

「小野はロト6で、一等を射止めたのかもしれませんね。そういう臨時収入があったとしても、周囲の人間には喋りにくいでしょう」

「なんとなくカッコ悪い？」

「それもあると思いますが、周りの者から次々に借金を申し込まれそうじゃないですか。たかろうとする奴もいるだろうな。だから、小野は大きな幸運に恵まれたことを誰にも喋らなかったんでしょう」

「親しくしてた三宅さんには、ロト6で大きな金を摑んだことをこっそり教えてもよさそうだがな」

石津は首を捻った。

「自分より二つ年下の小野が急にリッチになるのは、なんとなくまずいと考えたんじゃないですか。あいつは心優しいから、相手の立場を割に考えるんですよ。それだから、小野はロト6か何かで大金をゲットしたことは打ち明けられなかったんじゃないのかな」

「そうなんだろうか」

「よく考えると、やっぱり小野が悪事の片棒を担ぐなんてことは考えられないな。一瞬でも、彼を疑った自分が恥ずかしくなります」

「三宅さんがそう思いたくなる気持ちはわからなくはないが、小野さんが屋形船の中で、『プリハ』の関係者と称する人間と接触したと思われるんでしょ？」

「ええ」

「そのことはどう説明するのかな」

「それが謎なんですよね。小野は金の魔力に克てなかったんだろうか。そして、『プリハ』の悪事に手を貸してしまったんですかね。あるいは、『プリハ』の関係者に化けた者に罠を仕掛けられたのか」

「判断材料が少ないから、まだ断定的なことは言えないな」

「そうですよね。小野は転職して、リスタートしたほうがいいんでしょう。あいつが大手警備会社に迎え入れてもらえるよう、品行に問題はなかったと報告してやってください。どうかお願いします」

三宅が深く腰を折り、ゆっくりと遠ざかっていった。

石津は体の向きを変え、大股で歩きだした。数分で、プリウスを駐(と)めてある場所に達した。

石津は運転席に乗り込んだ。いつの間にか、午後九時半を回っていた。クラブはたいがい、午後十一時四十五分ごろまで営業している。

その時刻までには、六本木の『ハニーハウス』を探し出せるだろう。石津はレンタカーのエンジンを始動させた。

シフトレバーをＰ(パーキング)レンジからＤ(ドライブ)レンジに移そうとしたとき、上着の内ポケットで刑事用携帯電話(ポリスモード)が震えた。石津は手早くポリスモードを摑み出した。発信者は、参事官の尾崎だった。

「石津君、ご苦労さん！　特に進展はなかったのかな」

「少し手がかりを得ました」

石津は、聞き込みの成果を順に報告した。

「小野が世話になってるスナックのママに百万円の札束を強引に握らせたのは恩返しのつもりなんだろうが、多額の臨時収入があったと思われるな。百万ぐらい遣っても、惜しいとは思わなかったんじゃないか」

「ええ、そうなんでしょう。小野は『浜千鳥』でも、居合わせた客たちの勘定を払ってます。ずっと割り勘で飲んでた三宅にも奢るようになったそうですよ」

「小野は危ない内職で、まとまった裏収入を得たと考えてもよさそうだね。木本が骨になってから数日後、東京拘置所が一時的に停電になったということだったな」

「はい。小野は大学生のとき、親類の経営する電気工事会社で長いことアルバイトをしてたんで、工事の基本技術はマスターしてるようなんです」

「石津君、そういう証言があるんだ。それから、小野徹は『プリハ』の関係者と思われる人物と接触したようだね。木本忠夫の遺骨を別の遺骨とすり替えたのは、小野と考えてもいいんじゃないかな」

尾崎が言った。

「そして、盗んだ遺骨を何らかの方法で『プリハ』の関係者に引き渡し、一千万か二千万の謝礼を受け取ったんでしょうか。木本に帰依してた弟子たちにとって、故人の遺骨は大きな価値があるでしょうからね」

「だろうな。ひょっとしたら、小野徹は三千万ぐらい貰ったのかもしれないぞ。『プリハ』

の久松代表は木本の妻や三女と手を組んで、マントラ解脱教団と同じような規模にしたいと考えてるのではないだろうか」

「それが実現したら、『魂の絆』『幸せの泉』『継承者クラブ』の三派は一気に弱体化することになるでしょうね」

「そうだろうな。公安部に協力してもらって、『プリハ』の強制捜査をしてもらうか。教団本部に木本の遺骨があったら、高瀬の死の真相を暴くことができるんではないか。『プリハ』の久松代表が木本の遺骨を手に入れたことを高瀬に知られたんで、誰かに始末させた疑いがあるわけだから」

「参事官、もう少し久松代表を泳がせたほうがいいと思います」

「なぜ、待たなければならない？」

「久松代表に濡衣を着せようと画策した者がいるような気配がうかがえるからです。『魂の絆』の城島代表が久松を陥れようと細工を弄したのかもしれませんよ」

「そうなんだろうか」

「とにかく、刑務官の小野徹をもうちょっとマークしてみたいんです」

「わかった。納得いくまで、小野の動きを探ってみてくれないか」

「そうさせてもらいます。これから、六本木に向かいます」

石津はポリスモードを耳から離した。

3

会話は弾まなかった。

席に着いたクラブホステスは、ソフトドリンクしか飲まない客に戸惑っている様子だった。六本木の『ハニーハウス』だ。石津は隅の席で、白人とのハーフっぽいホステスとソファに腰かけていた。

ホステスは麻衣という源氏名で、二十三歳だという。たまにグルメ番組のレポーターを務めているらしいが、芸能活動だけではとても生活していけないそうだ。

「お客さまは下戸というわけではないんですよね？」

「酒は嫌いじゃないんだが、きょうは車なんだよ。素面の客の相手をするのはやりにくいだろうな。ごめん！」

「お気になさらないでください。でも、運転代行のドライバーも呼べますよ。運転は代行ドライバーに任せて、お酒を召し上がっちゃいます？」

「もう十一時を過ぎてるから、今夜はソフトドリンクで我慢するよ。麻衣ちゃん、カクテルを追加オーダーしてもいいんだぞ。遠慮しないでくれ」

「ありがとうございます。わたし、ゆっくりいただきますので……」

「それじゃ、売上に協力できないな。何かフルーツでも貰うか」

「気を遣っていただかなくてもいいんですよ」

「なんか悪いな。斜め奥のテーブルでドンペリのゴールドを開けさせた客は二十八、九なんだろうが、景気がいいんだな。ベンチャービジネスで成功したのかな」

　石津は小野徹に目を向けながら、小声で言った。小野に侍っているのは樹里だろう。彼女の本名は真屋美寿々だったか。

「あのお客さんは刑務官らしいですよ。亡くなった父親が不動産をたくさん所有してたんで、だいぶ遺産が入ったみたいなの」

「そうなのか。羨ましい話だな。自分で稼いだ金じゃないんで、派手に遣ってるわけか」

「そうみたいですね。あの彼は、隣にいる樹里さん目当てで『ハニーハウス』にほぼ一日置きに通ってるんですよ。樹里さんをアフターに誘って、お鮨や中華料理をご馳走してるみたいなの」

「その見返りに、樹里って娘をホテルに連れ込んでるんだろうな」

「さあ、どうなんですかね。わたし、そこまではわかりません。お店によっては、〝特攻隊〟と呼ばれてる枕営業組もいるみたいですが、この店にそういうホステスはいませんので」

「親の遺産で遊んでる彼は、ごくたまにしか樹里って娘を抱けないのかもしれないな」

「樹里ちゃんはそこそこ知られたモデルだから、お金でお客さんとホテルに行くとは思えません」

「なら、刑務官の彼はうまくカモられてるんだろうな。ドンペリのピンクなんかじゃなく、高いゴールドを取ったんだからさ」

「でも、樹里ちゃんがおねだりしたんじゃないと思います。あの彼は樹里ちゃんにぞっこんなんで、彼女の売上に協力したいんでしょう」

「そうして客の男たちは美人ホステスたちに入れ揚げて、そのうち背を向けられるようになる。男どもは子供というか、どこか甘いからね。その点、女はリアリストばかりだから、いつも損得勘定してる」

「まるで女性のすべてが悪女みたいな言い方ですね。ピュアなホステスもいますよ。ちょっと傷ついちゃったな」

麻衣が笑顔で言って、頰を膨らませた。

「感情を害したんだったら、謝るよ」

「それほど純情じゃありません」

「正直なんだな。気に入ったよ。きみと会ったのは初めてだが、アフターに誘うかな」

「せっかくですけど、今夜はホステス仲間とクラブに行くことになってるんですよ。クラブといっても、ＤＪのいる店ですけどね」

「予防線を張られちゃったか。今夜はおとなしく引き揚げよう。チェックしてくれないか」

石津は言った。

麻衣がうなずいて、片手を高く掲げた。黒服の男がすぐに石津のテーブルに寄み寄ってきた。

ほどなく石津は勘定を払って、『ハニーハウス』を出た。麻衣とともにエレベーターに乗り込み、SKビルの一階まで降下する。

「気が向いたら、また寄ってくださいね」

「次はきみを指名するよ」

「本当にいらしてくださるんですか」

「そのつもりだが、いつ来れるとは約束できないんだ。仕事が忙しくてさ」

「うまく逃げましたね」

麻衣が石津を飲食店ビルの前まで見送り、深々と頭を下げた。

石津は片手を挙げ、すぐ近くの脇道に入った。レンタカーは少し先の暗がりに駐めてある。

SKビルは麻布署と同じく、六本木通りに面していた。石津は借りたプリウスの運転席に坐り、煙草を一本喫った。換気してからレンタカーを降り、六本木通りに引き返す。

石津はＳＫビルの少し手前にたたずみ、時間を遣り過ごした。小野の動きを探る気になったのだ。

小野が樹里に見送られてＳＫビルから出てきたのは、午後十一時四十分ごろだった。

「いつもの店に必ず行くから、小野さん、待っててね」

「あんまり待たせないでくれよ。一分でも長く樹里といたいんだ」

「わたしも同じ気持ちよ。夜食を食べたら、部屋に来て。ね？」

「その言葉を待ってたよ。樹里はホテルじゃ落ち着かないって言ってたが、実はおれもなんだよ。公務員だから、人の目が気になっちゃってね」

「朝まで一緒にいてくれる？」

「もちろんだよ。明日はずる休みする」

「大丈夫なの？」

「おれひとりいなくても、別にどうってことないさ。樹里、待ってるぞ」

小野が六本木交差点方向に歩きだした。

石津は樹里がＳＫビルの中に消えると、すぐに小野を尾行しはじめた。歩きながら、小野に鎌をかけたい衝動に駆られた。しかし、すぐに思い留まった。小野が木本忠夫の遺骨を盗み出した疑いはあったが、揺さぶっても空とぼけられるだけだろう。

石津は逸る気持ちを抑え、逞しい体躯の刑務官を追尾しつづけた。

小野は六本木交差点を渡ると、右に曲がって俳優座ビルのある方向に進んだ。千鳥足ではなかった。酒には強いのだろう。

石津は用心しながら、尾行を続行した。

小野は俳優座ビルの真横の脇道に足を踏み入れ、三十数メートル先にあるイタリアン・レストランの中に吸い込まれた。馴れた足取りだった。

石津は通行人を装って、イタリアン・レストランの前を行きつ戻りつしはじめた。レンタカーを駐めた場所に急いで戻り、車をこの通りに移動させるべきか。

たいした時間はかからないはずだが、その間に小野がイタリアン・レストランを出ないとも限らない。捜査対象者を見失うことは刑事の恥だ。

石津はレンタカーをそのままにしておくことにした。十六、七分が経過したころ、樹里が急ぎ足でイタリアン・レストランに入っていった。

通りから店内の様子はうかがえなかった。テーブルの一部は見えたが、客たちの顔までは視界に入ってこない。

小野たち二人はピザを食べたら、じきに表に出てくるのではないか。石津はそう予想していたが、二人が外に出てきたのは午前一時半ごろだった。

二人は腕を組んで六本木通りと反対方向に進み、東京ミッドタウンの裏手で右に曲がった。道なりに行くと、左側に檜町公園がある。

「少し酔ったみたい。ベンチで夜風に当たってから、タクシーに乗ろう？」

「樹里がそうしたいんだったら、そうしてもいいよ」

「わがまま言って、ごめんね」

「いいんだ、いいんだ。好きな女には騎士みたいに振る舞わなくちゃな」

「カッコいい」

「茶化すなって」

小野が照れながら、樹里の手を取った。

二人は園内に入り、池のそばのベンチに向かった。夜更けとあって、人の姿は見当たらない。石津は少し間を取ってから、遊歩道をたどりはじめた。池に近づいたとき、小野の喚き声がした。

「あんた、誰なんだよ⁉」

「おれは樹里、真屋美寿々の元マネージャーの葉村って者だ」

「モデル事務所の社員だな」

「いや、いまは会社を辞めてる。美寿々に喰わせてもらってるんだよ」

「ヒモ野郎か」

「言ってくれるな。ま、いいさ。美寿々の稼ぎで養ってもらってるわけだから、まさにヒモだよな」

葉村と名乗った男が自虐的に言った。

石津は足音を忍ばせて、植え込みの中に分け入った。池の畔で、小野が三十代半ばに見える細身の男と睨み合っていた。

樹里は葉村の横に立っている。石津は闇を透かして見た。樹里は薄笑いを浮かべていた。

「こいつが言ってることは本当なのかっ」

小野が樹里に確かめる。

「ええ、本当よ」

「最初から、このおれをカモにしようと思ってたんだなっ」

「そういうことになるのかな。まだ二十八歳の公務員がお金を持ってるんで、何か危いことをやってるんじゃないかと睨んだわけ」

「親の遺産が入ったと言ったはずだぞ」

「ええ、そうね。でも、なんか嘘臭いと感じたのよ。それで、彼にあなたの厚木の実家に行ってもらったの」

樹里が葉村に顔を向けた。葉村が口を開く。

「おたくの父親はピンピンしてた。親が健在なんだから、多額の遺産が転がり込んでくるわけない。それ以前に不動産王じゃなかった」

「本当はジャンボ宝くじで特等を当てたんだよ」

小野が言いながら、葉村と樹里を交互に見た。先に応じたのは葉村だった。

「すぐにバレるような嘘をついても無駄だよ。おたくが汚い手で悪銭をしこたま稼いでも、警察に密告ったりしない」

「その代わり、口止め料を出せってか。おまえらの魂胆はわかってる。けど、おれは一円も出す気はないっ」

「ずいぶん強気じゃないか」

「当たり前だろうが！　別におれは悪いことをして、汚い金を集めたわけじゃないからな」

「おたくがそう出てくるなら、樹里、いや、美寿々とナニしてる動画をネットにアップすることになるぜ」

「もう少し気の利いた脅し方をしろよ。セックスの動画なんて撮らせたことは一度もない」

「無防備だね。美寿々、教えてやれよ」

「スマホで、行為中の動画をこっそり撮影してたのか⁉」

小野が声を裏返し、樹里を睨めつけた。

「赤坂のホテルに泊まったとき、スマホで面白半分に自撮りしたでしょ？」

「そういえば、そんなことがあったな。けど、樹里は自分しか撮らないと言ったじゃないか」

「ええ、そうね。でも、気づかれないようにあなたも撮ってたのよ」

「わたしの股の間に入ってクンニに励んでるとこだけじゃなく、後背位で突きまくってるシーンも撮ったわ」

「なんて女なんだっ。見損なったよ」

「わたしを軽蔑してもいいから、どんなダーティー・ビジネスをやって荒稼ぎしたのか白状しなさいよ。トータルで一億円以上は手に入れたんじゃないの？」

「おれは刑務官だぞ。法に触れるようなことなんかするわけないだろうが！　ジャンボ宝くじで……」

「その話は鵜呑みにできないわね。エッチな動画を悪用されたくなかったら、わたしにデート代一千万を払ってよ」

「デート代ってなんだ⁉」

「わたしはダサい客にお世辞をいって、アフターにつき合ってから三回ホテルまでつき合ったのよ。現役モデルを抱けたんだから、そのくらいのデート代を払っても罰は当たらないでしょうが！」

「ふざけんな、おまえは、どうしようもないあばずれ女だ」

「その言葉は、もう死語なんじゃないの。どうせなら、悪女と言ってよ」

「最低だ。おまえは、くそ女だっ」

「少し痛めつけてちょうだい」

樹里が葉村に言った。

葉村が隠し持ったメリケンサックを右手の指に嵌め、間合いを詰めはじめた。

「一千万用意しなきゃ、おたくの人生は暗転することになるぞ。顔面が傷だらけになる前に、言われた通りにしたほうが利口だよ」

「うるせえ！　屑野郎は逆にのしてやる！」

小野がやや腰の位置を下げた。

葉村が大きくステップインして、右フックを繰り出した。小野がバックステップを踏んだ。パンチは空に流れた。

「くそーっ」

葉村がいきり立ち、右腕を引き戻した。すぐにワン、ツーが放たれる。だが、どちらのパンチも小野には届かなかった。

小野が羆のように両腕を高く掲げて、大きく前に踏み出した。気圧された葉村が棒立ちになった。すかさず小野は葉村の利き腕を片手で捉え、跳ね腰を見せた。葉村が地に叩きつけられ、長く呻いた。

「ヒモ野郎はくたばっちまえ！」

小野が罵りながら、倒れ込んだ葉村の顔面、腹部、腰を連続して蹴りまくった。葉村は闘う気力を殺がれたようで、まったく抵抗しなかった。手足を縮め、丸まっている。

小野は葉村を横抱きに持ち上げると、池に近寄った。少しもためらわずに、暗い水面に葉村を投げ込む。葉村はヘドロに足を取られたのか、全身でもがいた。池の水を吐き出しながら、立ち泳ぎをしはじめた。

「わたしが悪かったわ。謝るから、わたしには乱暴なことはしないで！」

樹里が震え声で哀願した。

「おまえを絞め殺してやりたいよ」

「わたし、葉村とは別れる。それで、あなたの彼女になるわ」

「もう遅い！」

「本当に葉村とは縁を切るから、わたしの部屋に泊まってよ。ね、そうして？」

「性悪女は、もう抱く気になれないっ。ぶっ殺してやりたいが、これで勘弁してやるよ」

小野は樹里に走り寄り、身を屈めた。片方の肩に樹里を担ぎ上げ、池に足を向けた。

「何をする気なの!?」

「ヘドロの中でヒモ野郎と罵り合えっ」

「わたしも池に投げ込むつもりなのね？」

樹里が手足をばたつかせた。

小野は無言で樹里を池に投げ込んだ。葉村の近くだった。

「救けてちょうだい！」

樹里が葉村にしがみつく。焦った葉村が懸命に樹里を引き剝がそうとしている。

二人は縺れ合った状態で浮き沈みをしはじめた。しかし、溺れ死ぬことはないだろう。

小野が唾を吐いて、公園の出入口に足を向けた。石津は遊歩道に出て、小野を呼び止めるタイミングを計った。

出入口のそばで、小野が短く唸った。その首には、発射型高圧電流銃のワイヤー付き針が刺さっていた。スタンガンよりも、はるかに強い電流を送れる護身具だ。

アメリカの警察官たちは拳銃だけではなく、テイザーガンを常時携行している。犯罪者をテイザーガンで昏絶させてから、身柄を確保するわけだ。

ピストル型で、引き金を絞りつづければ、連続して高圧電流を相手に通すことができる。ショックで死ぬケースも少なくない。

小野にテイザーガンのワイヤー針を放った男は、『プリハ』の修行服に身を包んでいた。小野が丸太のように横に倒れ込み、動かなくなった。意識を失ったようだ。

修行服の男が指笛を鳴らした。

と、公園の出入口近くに停めてある白いアルファードから二人の男が飛び出した。どちらも黒いフェイスマスクを被っていた。

修行服をまとった男は仲間の二人と協力し合って、小野を抱え上げた。そして、そのままアルファードの車内に運び入れた。

「おい、何をしてるんだっ。警察の者だが、事情聴取させてくれ」

石津は三人組に声をかけた。

修行服の男が仲間のひとりを目顔で促した。フェイスマスクで顔を隠した二人の片割れが、アルファードの運転席に乗り込んだ。

「職質を嫌う理由を教えてもらおうか」

「さ、先を急いでるんですよ。失礼します」

修行服の男が石津に言って、仲間の男と車内に入った。アルファードはスライドドアが閉まり切らないうちに、急発進した。

「車を停めないと、タイヤを撃ち抜くぞ」

石津は大声で忠告しながら、公園の前の通りに走り出た。

だが、すでにアルファードは遠ざかっていた。暗くてナンバープレートの数字も読み取れなかった。逃してたまるか。

石津は全速力で疾駆しはじめた。

足は速いほうだった。前髪が逆立ち、チノクロスパンツが脚にへばりついて離れない。

石津は必死に駆けた。しかし、追いつけない。次第に距離が大きくなり、アルファードの尾灯は完全に闇に紛れた。

石津は諦め、ポリスモードで尾崎に連絡を取った。

「参事官、こんな時刻に申し訳ありません」

「緊急事態なんだね」

「はい。マーク中の小野徹がテイザーガンで昏絶させられて、車で連れ去られました」

「拉致犯は目撃してるんだね？」

「ええ、アルファードに乗った三人組です。リーダー格らしき男は『プリハ』の修行服をまとってました」

「『プリハ』の久松代表は、刑務官の小野に木本忠夫の遺骨を盗ませた疑いがあったんだったな」

尾崎が確かめるように訊いた。

「ええ、そうです」

「『プリハ』と小野は謝礼のことで揉めたんだろうか。それとも、『プリハ』の久松代表は最初っから小野刑務官を利用だけして、いずれ口を封じる気だったのか」

「まだ『プリハ』の犯行かどうかわかりません。犯人グループのひとりが修行服で小野を連れ去ったのは、作為的ですので」

「ああ、小細工だったとも考えられるね。それはともかく、すぐに緊急配備させよう」

「お願いします」

石津は電話を切ると、夜空に向かって吼えた。忌々しさは当分、萎みそうもなかった。

4

頭の芯も重かった。石津は自宅マンションの居間で、ブラックコーヒーを啜っていた。

間もなく午前十時になる。六本木から自宅に戻ったのは明け方近くだった。石津は入浴してから、ベッドに横たわった。だが、容易に寝つけなかった。檜町公園から三人組に連れ去られた小野の安否が気がかりだったからだ。

瞼が垂れてくる。

尾崎参事官は緊急配備の指令を下してくれただろう。首都圏には非常線が張られ、幹線道路に検問所が設けられたはずである。車のナンバーを読み取るNシステムもチェックされたにちがいない。

だが、拉致犯グループの車は網に引っかからなかった。裏道だけを走り、すでに逃走車輌は関東を抜けたのだろうか。それとも、都内のどこかにアルファードは隠されているのか。

逃走中の三人組のリーダーと思われる男は『プリハ』の信者なのか。そうではなく、偽(にせ)信者なのだろうか。わざとらしく、『プリハ』の修行服を着ていたことが引っかかる。『魂の絆』『幸せの泉』『継承者クラブ』のいずれかの信徒が最大後継団体の『プリハ』を陥れようと偽装工作したのか。

石津はそう考えながらも、『プリハ』に対する疑念も棄(す)てられなかった。『プリハ』は対立している分派に自分たちが開き直っていることを示したくて、拉致犯のひとりに意図的(いとてき)に修行服をまとわせたとも考えられる。そうすることで、他の三派に恐怖を与えたかったのかもしれない。

マグカップが空になったとき、ガラストップのテーブルの上で私物のスマートフォンが鳴った。

参事官からの電話ではないだろう。スマートフォンを耳に当てると、年配男性の聞き取りにくい声が響いてきた。

「『ブレイクショット』の貴船だが……」

「オーナー、どうしたんです?」

「『昇竜会』の奴が店に押しかけてきて、みかじめ料を払えと凄(すご)んでるんだ」

「例の二人組なんですか?」

「いや、四十三、四の男がひとりで店に乗り込んできたんだよ。わたしがきっぱり断ったら、懐から拳銃を取り出して銃口を額に押しつけてきたんだ」

「モデルガンじゃなかったんですね？」

「ああ、真正拳銃みたいだったな。型まではわからなかったが」

「オーナーを撃とうとしたんですか？」

「威しだったようで、わたしをトイレに閉じ込めてドアの前に長椅子を置いて出られなくしたんだ」

「そのやくざは、トイレの前あたりにいるんですか？」

「いまはビリヤードをやってる。わたしが根負けするまで、店に居坐るつもりなんだろう。一一〇番したほうがいいんだろうか」

貴船が言った。

「いや、事件通報したら、店を焼かれてしまうかもしれませんよ」

「そ、そんなことはさせないっ」

「オーナー、理屈の通じる輩じゃないんですよ」

「しかし、理不尽なことは赦せんからね」

「これから、すぐに『ブレイクショット』に向かいます」

「いいのかい？　やっぱり、一一〇番しよう」

「できるだけ早く行きますんで、トイレの中でおとなしくしててください。いいですね」

石津は電話を切ると、急いで外出の支度をした。警察手帳、手錠、警棒、拳銃を装備して、すぐに五〇五号室を出る。

石津はエレベーターで地下駐車場に下り、レンタカーのプリウスに乗り込んだ。すぐに車を走らせ、近道を選んで進む。

二十数分で、下北沢に着いた。

石津はプリウスをビリヤード店の前に停めた。店に入ると、口髭を生やした四十年配の男がスリークッションの練習をしていた。

「きょうは臨時休業だよ」

「『昇竜会』の準幹部かい？　弟分がオーナーから、みかじめ料を貰えなかったんで、兄貴分がお出ましってわけか」

「おれたちは堅気になめられたら、終わりだからな。てめえ、何者なんでえ？」

「オーナーの知り合いだよ」

「おれの質問にちゃんと答えやがれ！」

相手が怒鳴って、握っていたキューを槍のように投げ放った。

石津は避けなかった。左腕でキューを払った。キューが床に落ち、十センチほど跳ねた。

「てめえ、素人（トウシロ）じゃねえな。どこに足（ゲソ）つけてんだ。え？」

「ヤー公になるほど愚かじゃないよ」

「いい根性してるじゃねえか。おれは丸腰じゃねえんだぞ」

男がベルトの下を探（さぐ）った。中国製トカレフのノーリンコ54式の銃把（グリップ）が覗いている。

「銃撃戦に応じてもいいぞ」

「もしかしたら、おれの舎弟（しゃてい）たちを追っ払った刑事（デカ）なのか!?」

「当たりだ」

石津はショルダーホルスターからシグ・ザウエルＰ230Ｊを引き抜き、親指の腹で撃鉄を掻（か）き起こした。

「ま、待ってくれよ。そっちがまさか『ブレイクショット』に来るとは思わなかったんで、力ずくで店主から……」

「撃たれたくなかったら、ノーリンコ54をビリヤード台の上にそっと置くんだ」

「わかったよ」

「名前は？」

「橋爪（はしづめ）ってんだ」

「早くしろ！」

「短気だな」

橋爪と称した男が長く息を吐いて、言われた通りにした。

「トイレの前まで行くんだ。長椅子をどかして、オーナーの貴船さんを出してやれ」

「まだ、おれはみかじめ料を脅し取ったわけじゃねえぜ。店主に詫びを入れるから、大目に見てくれねえか」

「そうはいかない。脅迫、監禁に加えて銃刀法違反がプラスされるんだから、見逃すことはできないっ。もう観念したほうがいいな」

「なんてこった」

「指示に従え！」

石津は急かした。

橋爪が不貞腐れた様子でトイレの前まで歩き、長椅子を横にずらした。

「オーナー、もう片がつきました」

石津は大声で告げた。

トイレのドアが開けられ、貴船が姿を見せた。石津が拳銃を手にしているので、驚いた表情になった。しかし、オーナーは何も言わなかった。

石津は橋爪を床に這わせると、ポリスモードで事件通報した。北沢署の刑事たちが事件現場に駆けつけたのは、およそ八分後だった。

石津は拳銃を携行していることは隠して、事件の経過を担当刑事に話した。橋爪は、石津の拳銃については何も言わなかった。余計なことを喋ったら、不利になると考えたのだろう。

　橋爪は身柄を確保され、ノーリンコ54式は押収された。オーナーの貴船は事情聴取に応じ、捜査員たちを犒った。橋爪が連行されていく。

「オーナー、『昇竜会』の奴らはもう店に来ないと思います」

「迷惑かけてしまったね。お礼ってわけではないが、うまいコーヒーを淹れるよ」

　貴船が言った。

「きょうは、ゆっくりしてられないんですよ」

「そうなの。それじゃ、引き留めるわけにはいかないな。ありがとう！」

「当然のことをしただけです」

　石津は床に転がったキューをラックに収め、『ブレイクショット』を出た。

　レンタカーの運転席に坐り、シートベルトを掛けたときだった。上着の内ポケットで刑事用携帯電話が震えた。

　石津はポリスモードを摑み出し、ディスプレイに視線を向けた。電話をかけてきたのは尾崎参事官だった。

「足立区綾瀬四丁目の廃工場の敷地内で、五十分前に小野徹の撲殺体が発見されたよ」

「拉致されて間もなく、金属バットかゴルフクラブで頭部をぶっ叩かれたんでしょうか」

「テイザーガンの針の痕が三カ所もあったそうだから、小野は完全に意識が途切れた後に金属バットで繰り返し頭を強打されたようだな。頭蓋骨はぐちゃぐちゃになってたという話だったよ」

「すでに機動捜査隊、捜一、綾瀬署の連中は現地到着済みなんでしょ？」

「ああ。検視官も現場を踏んで、凶器は金属バットに間違いないと言ったそうだ。血糊は凝固してるという話だったから、だいぶ前に殺されたんだろう」

「参事官、凶器は現場に遺留されてたんですか？」

「いや、遺されてなかったらしい。遺体はいったん綾瀬署に安置されて、きょうの午後三時ごろに東京都監察医務院で司法解剖されることになった」

「そうですか」

「死体の周りには、三つの靴痕がくっきりと彫り込まれてたというんだ。そのことから、拉致犯グループの犯行と思われるね」

「犯行に使われたアルファードは見つかったんでしょうか？」

石津は質問した。

「それが、まだ見つかってないんだ。大きな河川か池に沈められたのかもしれないな」

「廃工場の敷地の所有者は？」

「『プリハ』の元信者の父親がプラスチック加工会社を経営してたんだが、事業がうまくいかなくなって所有権は銀行に移ったんだ。経営者は自己破産して、妻と息子を道連れに無理心中を遂げたんだよ。銀行は競売にかけたんだが……」

「ケチのついた物件なんで、なかなか買い手がつかなかったんでしょうね」

「そうらしいんだ。銀行は廃工場の門を封鎖したんだが、非行少年たちに鎖を切断されて溜り場みたいになってたそうだよ」

「そうなんですか」

「小野刑務官の撲殺体の発見場所が『プリハ』の元信者の父親が経営してた工場となると、マントラ解脱教の最大後継団体がやはり気になってくるね。『プリハ』の教団本部と廃工場は同じ足立区にあって、十キロも離れていない」

「そうだとしても、そのことで小野の事件に『プリハ』が深く関わってると思い込むのは早計かもしれませんよ」

「そう言われると……」

「犯罪者の心理としては、何か悪事を働くときは自分のテリトリーから離れた場所を選ぶと思うんですよ」

「そういう傾向はあるな」

「捜査関係者にわざわざ怪しまれるようなことはしないんじゃないですか」

「石津君は、ほかの分派のどこかが小野刑務官を抱き込んで木本忠夫の遺骨を盗み出して、『プリハ』の仕業に見せかけたのではないかと筋を読んだんだね。そして、どこかの分派が小野を撲殺したのではないかと……」

「根拠があるわけではないんですが、『プリハ』を陥れようとしてるようにも感じられます。『プリハ』を怪しむように仕向けた細工があまりに作為的で、不自然でしょ？」

「そうなんだが、公安調査庁の情報によると、『プリハ』の久松代表はポーカーフェイスを崩さないんで、何もボロは出してないようなんだ」

「ええ、そうみたいですね」

「久松は教団内部では女嫌いのように振る舞ってるが、在宅出家した若い未亡人をセックス・パートナーにしてるらしい」

「その情報は、椿原さんあたりから得たんですか？」

「そう」

「こっちも椿原さんに接触して情報を提供してもらったんですが、そういう話はまったく出ませんでしたね」

「そうなのか」

尾崎が当惑したような声で応じた。

「セックス絡みの情報は品がないと思ったんでしょうか、椿原さんは」

「そうなのかもしれないな。久松代表は府中にある実家に顔を出すと側近たちに告げて、週に一度ぐらいのペースで単独で外出してるらしいんだ。それで、たまに朝帰りをすることもあるそうだよ」

「そうですか」

「実家に行って朝帰りをするなんて話は聞いたことがないから、久松利紀はセックス・パートナーの許（もと）にお忍びで通ってるんだろう」

「参事官、その相手のことを詳しく教えてもらえます？」

「わかった。名前は氏家香穂（うじいえかほ）、三十四歳だ。夫は自動車部品会社の三代目社長だったんだが、五年前に交通事故死してしまったんだよ。まだ三十六歳だったんで、香穂のショックと悲しみは大きかったにちがいない。何かに縋（すが）らないと自分を支えられなかったのか、『プリハ』が主催してるスピリチュアル・セミナーに出席したことがきっかけで、久松が代表を務める教団に入信したようだな」

「その氏家香穂に子供は？」

「子宝には恵まれなかったそうだ。亡夫の遺産で食べていけるので、目白（めじろ）三丁目にある邸（やしき）で優雅に暮らしてるらしいよ」

「そうですか。香穂という未亡人は夫の遺産の何割かを『プリハ』に寄附したんじゃないかな」

「それ、考えられるね。しかし、その浄財だけで『プリハ』の運営はできないだろう。だから、久松は教祖の遺骨を小野刑務官に盗み出させ、信者の獲得を狙ったんじゃないのかな」

「仮に久松がそうさせたとしたら、なぜ協力者の小野徹の口を封じなければならなかったんでしょう？」

石津は素朴な疑問を口にした。

「小野刑務官はマントラ解脱教の元教祖の遺骨を盗み出したことで、多額な成功報酬を得て味をしめた」

「それで、小野は久松に追加の金を要求したんだろうか。それも数百万ではなく、一千万円単位の金をせびろうとしたんですかね」

「そうじゃないとしたら、久松代表と氏家香穂との男女関係を偶然知り、教団の信者たちにバラすと脅したのかもしれないな。いや、ほかの三派に久松のスキャンダルを伝えると凄んだんではないだろうか。さらに『プリハ』が非合法ビジネスで教団運営費を捻出してる証拠を摑んで、小野刑務官は巨額の口止め料を毟り取ろうとしたのかもしれないぞ」

「脅迫材料がなんだったのかはわかりませんが、久松代表は心理的に追いつめられてしまった。それだから、小野を始末せざるを得なくなったのではないか。参事官は、そう筋を読んだんですね？」

「そうなんだが……」

「参事官の推測通りなら、檜町公園でテイザーガンを使った修行服姿の男は『プリハ』の信徒なんでしょう。公安調査庁の椿原さんに頼んで、『プリハ』の信者の顔写真と氏名を提供してもらいましょうか」

「公調ばかりを頼ってたら、本庁の公安部は面白くないだろう。公安部も『プリハ』の信者たちの個人情報は把握してるはずだ。少し時間をくれれば、信者の顔写真を入手して石津君のポリスモードに送信するよ」

「お願いします。氏家香穂の自宅は豊島区目白三丁目にあるようですが……」

「二十×番地だったな。邸宅みたいだから、すぐに探し出せると思うよ」

「そうでしょうね」

「明日には綾瀬署の要請で捜査本部を設置することになるだろうが、小野の事件で新しい情報が入ったら、すぐに石津君に教えるよ」

「よろしくお願いします。『プリハ』の教団本部に行って、久松代表の動きを探ってみます。小野殺しに関与してたら……」

「警察の動きが気になるだろうね」

「教団本部に捜査の手が迫る前に逃亡する気になるでしょう。逃げ出す気配がうかがえないようだったら、氏家香穂の自宅に回ってみますよ。女性を怯えさせるのは不本意ですが、ちょっとした反則技を使えば……」

「口が軽くなって、久松の裏の貌も明かしてくれそうだな。それで、『プリハ』が小野刑務官を抱き込んだかどうかがはっきりわかるだろう。それから、小野の事件にタッチしてるかどうかもね」

「ええ、多分」

「石津君、相手は女性なんだ。手荒な違法捜査は慎んでくれよ」

「ええ、わかっています」

「単独捜査は大変だと思うが、なんとか進展させてほしいね。高瀬亮の死と小野の事件はリンクしてるにちがいない。木本忠夫の遺骨が東京拘置所から外に持ち出されたという証拠は摑んでないが、大筋の読みは間違ってないと思う。あまり結論を急ぐのはよくないが、捜査本部を出し抜きたいじゃないか。実際に捜査に当たってるのはわたしじゃなく、石津君なんだがね」

「参事官の協力がなかったら、これまでのどの事案も落着させられなかったでしょう」

「社交辞令でも、そう言ってもらえると嬉しくなるよ」

尾崎が先に通話を切り上げた。

石津はポリスモードを所定の内ポケットに滑り込ませ、プリウスを走らせはじめた。できるだけ空いている道をたどり、環七通りに入った。特に急ぐ必要はない。

石津はコンビニエンスストアに立ち寄り、サンドイッチ、おにぎり、ペットボトル入りの緑茶、缶コーヒーなどを買い込んだ。ついでに、セブンスターも三箱求めた。

空腹で張り込みに当たっていると、ついついせっかちになってしまう。不用意に車を離れたら、捜査対象者に警戒心を持たれることになる。運が悪い場合は張り込みを覚られるだろう。

『プリハ』の教団本部に達したのは、一時間数十分後だった。

警察車輛やマスコミ関係の車は一台も目に留まらない。小野の事件の初動捜査では『プリハ』の関係者は疑われていないようだ。

石津はレンタカーを教団本部の数軒手前の民家の石塀に寄せ、エンジンを切った。

変装用の黒縁眼鏡をかけてから、ミックスサンドイッチの包装フィルムを解く。石津は缶コーヒーを飲みながら、残さずサンドイッチを平らげた。

食後の一服をしていると、一台のタクシーが『プリハ』の門の前に停まった。降りた客は三宅刑務官だった。タクシーは後部ドアを開けたまま、走り出そうとしない。

「四、五分待っててくださいね」

三宅雄大がタクシー運転手に言って、門柱に歩み寄った。

石津は急いでパワーウインドーのシールドを下げた。三宅がインターフォンを鳴らす。

だが、なんの応答もなかった。

「久松、出てこいよ。おまえらが小野徹を殺したんじゃないのかっ」

「…………」

「おれは小野の同僚だよ。小野の撲殺体が廃工場で見つかったってニュースを知って、潰れたプラスチック工場の周辺で不審者の目撃情報を集めたんだ」

「…………」

「それでな、廃工場から三人の男が出てきたという目撃証言を得た。そのうちのひとりは『プリハ』の修行服を着てたとはっきりと言ったんだよ」

「…………」

「久松利紀、あんたが小野を信者の三人に殺らせたんじゃないのかよっ。おれは、そう疑ってる。なんだって小野を始末しなきゃならなかったんだ。小野は気のいい奴だったんだぞ」

「…………」

「逃げ回ったって、いずれ警察に捕まることになる。人間の心が一欠片でも残ってたら、久松、すぐに出頭しろ！」

「…………」

スピーカーは沈黙したままだった。

三宅が門柱を蹴りつけ、タクシーの後部座席に乗り込んだ。すぐにオートドアが閉められ、オレンジ色とグリーンに塗り分けられたタクシーが走りはじめた。

石津は、三宅のどこか芝居じみた言動を奇異に感じていた。パワーウインドーのシールドを上げ、張り込みに身を入れる。持久戦になりそうだった。

石津はリクライニングシートを一杯に倒した。

第四章　根深い対立

1

欠伸（あくび）が出そうになった。

石津は奥歯を噛（か）み締めた。いつの間にか、午後三時を過ぎていた。だが、久松代表は教団本部から現われない。

無駄骨（むだぼね）を折ることになるのか。

悪い予感が胸を掠（かす）めたとき、刑事用携帯電話（ポリスモード）に『プリハ』の信者たちの個人情報が送信されてきた。それぞれ顔写真付きだった。

石津は目を見開いて、信者たちの顔写真をチェックしはじめた。

数が多かった。それでも、ひとりひとりの顔写真を確かめつづけた。久松代表のセックス・パートナーと思われる氏家香穂の顔写真はほどなく見つかった。色っぽい美人だった。

だが、檜町公園の出入口近くで小野刑務官をテイザーガンで昏絶させた修行服の男は、信者リストの中に入っていなかった。やはり、『プリハ』の偽信者だったと思われる。

小野を拉致した三人組は、『魂の絆』の信者だったのか。それとも、『幸せの泉』のメンバーだったのだろうか。『継承者クラブ』の信者が『プリハ』の信者に化けて、小野を連れ去ったとも考えられる。

もっと疑えば、木本の三女が亡父の遺骨を四女に渡したくなくて、裏便利屋でも雇い、小野を拉致させたのかもしれない。インターネットの闇サイトを介した凶悪犯罪は年々、増加している。数十万円の成功報酬で殺人を請け負った事例は珍しくない。

これまでの報道によれば、マントラ解脱教の元教祖の三女の木本瞳は亡父を偉大だと尊敬し、せっせと東京拘置所に通いつづけていたという。

しかし、面会が叶ったのはそれほど多くないらしい。やっと面会できても、父親とまともな会話は成立しなかったようだ。

木本忠夫は三女にそれほど愛情を感じていなかったのだろうか。娘の瞳との面会をうっとうしく感じ、心のバランスを失った振りをしていたのか。詐病ではなく、木本は長い獄中生活で精神を病んでしまったのだろうか。

三女の瞳は、父親にかわいがられていた四女の聖美にジェラシーを覚え、母、次女、長男、次男に味方についてもらい、何がなんでも父の遺骨を手に入れたいと考えているのだろうか。

石津はメールに目を通し終えると、尾崎参事官に電話をかけた。スリーコールの途中で、電話は繋がった。

「石津君、メールは届いてるね？」

「はい。参事官、ありがとうございました」

「檜町公園の前で小野徹をテイザーガンで昏絶させた修行服の男は、『プリハ』の信者だったんだろう？」

「いいえ、信者リストの中に拉致グループのリーダー格の男は入っていませんでした」

「えっ、そうなのか。その男は『プリハ』に入信したばかりなんで、本庁の公安部はまだ把握してないのかもしれないな。ほかの二人は信者だったんだね？」

「仲間の二人も『プリハ』の信者名簿には入ってませんでした」

「それじゃ、まだ正体が割れてない三人組も偽信者なんだろう」

「そう考えてもいいと思います。『魂の絆』など他の分派の関係者か、木本の三女の瞳と接点のある者たちかもしれません」

「木本瞳は四女の聖美が亡父の遺骨を引き取ることを阻止したいようだから、『魂の絆』など三つの分派だけではなく、三女も捜査対象にしたほうがいいな」

尾崎が呟くように言った。

「そうすべきでしょうね。参事官、小野の拉致に使われたアルファードはまだ見つかっていないんですか？」

「ほんの五、六分前に荒川の河口付近に沈められてたという報告が機捜から上がってきたよ。予想はしてたんだが、半月ほど前に練馬の月極駐車場から盗まれた車と判明したらしい」

「やはり、そうでしたか。車内に三人組の指掌紋や頭髪が遺ってれば、拉致犯の絞り込みはできるんでしょうが……」

「小野を連れ去った三人組は、おそらく犯罪のプロなんだろう。犯行に使ったアルファードに足のつくような指紋や掌紋は遺してないと思うよ」

「ええ、そうでしょうね。綾瀬の廃工場にも、犯人たちの遺留品は何もなかったんでしょう？」

石津は訊いた。

「そういう報告を受けてる。司法解剖の所見も出たんだ。小野の死因は、打撲による出血性ショックだった。死亡推定時刻は、きょうの午前二時から四時の間とされた」

「そうですか」

「それからね、小野の単身者用官舎の自室にあった紙袋に八百七十一万円の万札が入ってたそうだ。撲殺された刑務官は何か悪事の片棒を担いで、汚れた臨時収入を得たんだろう。木本の遺骨を盗み出した謝礼かどうかは、まだわからないが……」

「そうですね。綾瀬署に正式に捜査本部が立ったんでしょ？」

「ああ。本庁からは殺人犯捜査第七係の十三人が所轄署に出張ることになった。高瀬亮の事件と小野殺しは、一本の線で繋がってると思われるね。七係と所轄署刑事が消えた三人組の正体を割り出してくれれば、高瀬を殺した奴も浮かび上がってくるだろう」

「と思います」

「高瀬亮は、警察学校の恩師だったんだ。できれば、石津君に加害者を検挙てもらいたいね」

「そのつもりで、捜査に励みます。三人組は『プリハ』の信者になりすましたんでしょうが、もう少し久松利紀に張りついてみます。誰が久松に濡衣を着せようとしたのか、調べる必要がありますので」

「そうだね。二つの捜査本部から新たな情報が入ったら、必ず石津君に連絡するよ」

尾崎が電話を切った。

石津はポリスモードを懐に戻し、ペットボトル入りの緑茶を飲んだ。キャップを閉めたとき、『プリハ』の門が開けられた。

走り出てきた黒いセレナの助手席には、久松が坐っていた。ドライバーは、修行服に身を包んだ若い男だった。あどけなさを留めている。多分、二十三、四歳だろう。

石津は少し間を取ってから、セレナを追尾しはじめた。

セレナは住宅密集地帯を抜け、やがて日光街道に乗り入れた。草加市を通過し、さらに北上している。

行き先に見当はつかなかった。石津は一定の距離を保ちつつ、セレナを追った。

セレナは幸手市の北端まで進み、畑と新興住宅が点在する地域を進んだ。そして、農家風の造りの建物の前で停止した。石津はレンタカーをセレナの数十メートル後方の道端に寄せた。

久松だけがセレナから降り、農家っぽい建物の敷地に入った。庭は広かった。優に四百坪はあるのではないか。

右手奥に家屋があり、庭の半分は家庭菜園になっていた。久松は建物に向かいかけたが、ふと足を止めて家庭菜園に目を向けた。

そこには、三十代前半の女性がいた。オーバーオールを着て、何か葉物野菜を収穫している。顔立ちが木本忠夫と似ていた。三女の瞳かもしれない。久松は女性と挨拶を交わし、家庭菜園の中に足を踏み入れた。

石津は静かにレンタカーを降り、真横の雑木林に分け入った。奥に進み、家庭菜園の際の繁みに近づく。

「わざわざ遠方まで来ていただいて、ごめんなさいね。都心に出かけたら、四女の聖美に雇われた連中に拉致されそうだから、なるべく外出しないようにしてるのよ」

『プリハ』の信者の中に空手や柔道の有段者が数人います。そういう人間に、瞳さんの身辺を護衛させましょうか？」

「久松さん、そこまでしていただかなくても結構よ。四女とは対立してるけど、わたしを拉致したとしても、殺すようなことはしないでしょう」

「実の姉妹なんですから、聖美さんがあなたを殺害することはないと思います」

「ええ、それはね。聖美は代理人の宮内弁護士をせっついて、父の遺骨を引き取ることを強く主張しつづける気なんでしょう。でも、母はもちろん、三女のわたし、次女、二人の弟は父の遺骨を引き取って、供養し終ったら、『プリハ』に〝本尊〟として大切に保管してほしいと考えてるの。わたしだけではなく、母も姉弟たちもね」

「ありがたいお話です」

久松が揉み手で言った。木本の遺骨を手に入れながら、空とぼけているようには感じられなかった。

『プリハ』は、まだ元教祖の遺骨を自分らの物にしていないのだろう。問題の遺骨はいまも東京拘置所に保管されているのか。

石津は一瞬、そう思った。

だが、小野刑務官が木本忠夫の遺骨を盗んだ疑惑は消えていない。現に撲殺された小野は、寮の自分の部屋に大金を置いていた。

マントラ解脱教の元教祖の遺骨を持ち出して、多額の謝礼を貰(もら)ったと考えられる。物的証拠はないが、状況を分析すると、そう疑えるのではないか。

「父の教義を真に理解して共鳴してくれたのは、生きてる弟子の中では久松さんだけだわ。父と一緒に死刑にされた元幹部たちの多くも、そうだったんでしょうね。でも、ある時期に父が側近中の側近と目をかけてた『魂の絆』の城島代表は信用できないわ」

「彼は本音(ほんね)と建前(たてまえ)をうまく使い分けて、力のある幹部たちに取り入ってましたから」

「その通りね。父が逮捕されたとたん、城島は公然と父を批判しはじめたわ」

「ええ、そうでしたね」

「あいつは裏切り者よ。若いころは甘いマスクで女性信者に人気があったんでしょうけど、恩知らずもいいとこですっ」

瞳が語気を強めた。久松が同調する。

「城島は久松さんと意見が対立すると、自分のシンパを引き連れて『魂の絆』を作って独立した。そのことは大目に見てやってもいいけど、マントラ解脱教の浄財を五千万円ほどこっそり持ち出したことは勘弁(かんべん)できないわ」

「そうですよね。でも、『プリハ』の初代代表でしたから……」

「久松さんは城島の身勝手な行動や要求を咎めることはできなかったの？」

「城島はある時期、教祖の秘蔵っ子で地位も高かったので、面と向かっては文句を言えなかったんですよ」

「情けないな。久松さんは正統な後継団体の新代表なんですよ。城島の要求なんか突っ撥ねてやればよかったのに」

「ええ、そうすべきだったと悔やんでます」

「この際だから、はっきりうかがうわ。一部のマスコミは世間がマントラ解脱教を厳しく非難しはじめたんで、城島は独立して故意に父を批判してるんではないかと報じてました。そのことは久松さんも知ってたと報道したメディアもありましたよね？」

「そのことは知っていましたが、城島と結託して教団のイメージアップを図ろうとしたわけではありません。瞳さん、それだけはどうか信じてください」

「久松代表がそこまで言うんなら、あなたの言葉を信じましょう」

「ありがとうございます」

「城島は変わり身が早いから、気をつけたほうがいいと思うわ。わたしの得た情報によると、『魂の絆』の信者が何十人も脱会したみたいよ」

「そういう噂は、わたしの耳にも入っています」

「城島はカメレオンみたいな男だから、父をあれだけ扱き下ろしたくせに遺骨を神格化して信者を増やしたいと企んでるのかもしれないわ」

「節操のない城島でも、そこまでは考えてないでしょう。わたしは、そう思います」

久松が控え目に反論した。

「はっきり言わせてもらうわ。久松さんは甘いですね。城島は自分が利することなら、何度でも平気で変節できる男よ。『プリハ』と袂を分かった『幸せの泉』と、その分派である『継承者クラブ』を吸収して、あなたの教団も乗っ取る気なんじゃないかしら？」

「いくらなんでも、そんな野心は抱かないでしょう」

「わかりませんよ。父の遺骨を〝本尊〟にすれば、散り散りになったマントラ解脱教の元信者たちを一つに束ねることはできるんじゃない？　城島が三つの分派を仕切って、『プリハ』を取り込むことは夢じゃないと思うわ」

「そうかもしれませんが……」

「そうなったら、『プリハ』の代表の久松さんは城島に下働きをさせられるでしょうね」

「そんな屈辱的な目に遭ったら、自尊心はずたずたです」

「ええ、そうでしょうね。まだ確認はしてないんだけど、城島は経済マフィアや悪玉ハッカーと組んで非合法ビジネスに励んで、せっせと教団運営費をプールしてるそうよ」

「彼ははったり屋だから、いつものブラフなんでしょう。世田谷にある『魂の絆』の本部は三階建ての元賃貸アパートで、土地は九十坪そこそこです」

「ええ、いまはね。でも、城島はそう遠くないうちに教団本部を都心に移して、仙台、金沢、松本、静岡に支部を設ける計画を練ってるみたいよ」

「城島はどんな裏ビジネスで荒稼ぎしてるんでしょう？」

「具体的にはわからないけど、相当あこぎなことをしてるんじゃないのかな。信者たちの浄財は教団の運営費にも足りないだろうから、やくざ顔負けのダーティー・ビジネスをやってそうね。たとえば、企業恐喝とか……」

瞳が言った。

「そうなんでしょうか」

「これも真偽はわからないけど、『魂の絆』の幹部たちは『幸せの泉』や『継承者クラブ』の信者たちをこっそり飲食店の個室席に招んでご馳走して、帰りしなに〝お車代〟と称し、十万程度の小遣いを渡してるんだって」

「本当ですか⁉」

「そういう噂がわたしの耳に入ってるの。そんな手を使ってでも、城島は『魂の絆』の信者数を増やしたいんでしょうね。最終目標は『プリハ』も傘下に収めて、マントラ解脱教の元信者たちを団結させたいんでしょう。もちろん、自分が新たな後継団体の代表になることを望んでるはずよ」

「城島なんかに『プリハ』を乗っ取られてたまるかっ」

久松が吐き捨てるように言った。

「マントラ解脱教の正統な後継団体は『プリハ』なんだから、絶対に城島なんかに負けないでほしいわ。ほかの三派におもねるようなことをしなくたって、父の遺骨を母を含めた姉弟が引き取れば、久松代表は安泰ですよ。亡父の遺骨を神格化したら、他の分派の信者たちは『プリハ』になびいてくるわ」

「ええ、そうでしょうね。潜在的なシンパたちも『プリハ』に集まってくれると思います」

「母もわたしも、父の遺骨は久松さんに託して『プリハ』を守り立ててほしいと願ってるんですよ」

「光栄なことです」

「でも、いまの段階では安心してられないの。四女の聖美や城島が何らかの手段で、東京拘置所に保管されてる父の遺骨を強引に手に入れるかもしれないでしょ？」

「瞳さん、それはどういう意味なんです？　聖美さんか城島が東京拘置所の職員を抱き込んで、教祖のお骨を手に入れるかもしれないということですか」

「そういうことも起こり得るかもしれないでしょ？」

「そんなことは不可能だと思います」

「とは限らないわ。金に弱い人間はたくさんいるじゃないですか。東京拘置所だって、いつまでも父の遺骨を保管したくないんじゃない？　それが本音だと思うの。同じように考えてる刑務官が金の魔力に抗し切れなくなったら……」

「教祖のご遺骨の持ち出しを引き受けてしまうかもしれませんね」

「ええ、考えられないことではないわ。四女の聖美か城島の手に渡ってしまったら、マントラ解脱教の教えを正しく伝承してくれる方がいなくなります」

「わたしが『プリハ』を命懸けで護り抜きますよ」

「久松さんのお気持ちは嬉しく感じます。ですけど、城島が亡父の遺骨を神格化したら、『プリハ』の信者たちのほとんどが『魂の絆』に流れることになると思います。四女の聖美は散骨する気でいるようですから、死んだ父の教義は後世に残せなくなってしまうでしょう。母もわたしも、それは避けたいんですよ。久松さん、わかっていただけるでしょう？」

瞳が強く訴えた。

「ええ、よくわかります。わたしが真の継承者になってみせます。瞳さんは教祖のお骨を必ず引き取ってくださいね」

「聖美には負けません。わたしたちには、父の弁護団が一丸となって支援してくれてるんです。人権派の宮内弁護士に敗れるようなことはないでしょう。菜園の仕事はこれで終わりにします。玉露を淹れますので、家の中にどうぞお入りください」

「それでは少しだけお邪魔させていただきます」

久松が言って、木本瞳の後（あと）に従った。

二人の遣（や）り取（と）りに虚言（きょげん）が挟まれていないとしたら、木本瞳も久松利紀もマントラ解脱教の元教祖の遺骨を手に入れていないことになる。撲殺された小野刑務官は、木本忠夫の遺骨を職場から持ち出していなかったのか。

そうだったとすれば、木本が火葬されて三日後の夜に東京拘置所が一時的に停電したことに小野は関わっていないのかもしれない。

しかし、尾崎参事官の話によれば、法務省の高官は木本忠夫の遺骨は東京拘置所に保管してあると明言しながらも、一瞬だけ沈黙したという。やはり、小野は遺骨の盗み出しを請け負ったと判断すべきだろう。高瀬亮はそのことを知ったせいで、無灯火の車に撥（は）ねられて命を落としたのではないか。

久松の致命的な弱みを押さえれば、何か大きな手がかりを得られるかもしれない。石津は姿勢を低くしながら、レンタカーに足を向けた。

2

陽（ひ）が沈んだ。

久松が木本瞳の家を辞去したのは夕闇が濃くなったころだった。『プリハ』の代表は黒いセレナに駆け寄って、助手席に乗り込んだ。

石津は気持ちを引き締め、シートベルトを掛けた。

そのとき、セレナが動きだした。農道を迂回して、日光街道方面に向かった。石津はレンタカーのエンジンを始動させ、プリウスを発進させた。三、四十メートルの車間距離をとって、セレナを追う。

久松は東京に戻るのではないか。

石津はそう予想したが、セレナは日光街道を北へ向かった。東京とは逆方向だ。

日光街道は、JR東北本線とほぼ並行している。セレナは古河市、小山市と抜け、下野市に入った。下野市の小金井北交差点を左折し、花見ヶ岡交差点を右に折れて小山壬生線を進みはじめた。

石津は慎重にセレナを追尾した。栃木県内に合成麻薬の密造工場でもあるのか。あるいは銃器を密造して、汚れた金を教団運営費に充てているのだろうか。各種のカードを偽造しているとも考えられる。

セレナは思川を左手に見ながら、壬生町に達した。町外れで右折し、林道を進んだ。

あまり近づくのはまずい。石津は減速し、スモールライトだけで尾行しつづけた。

一キロほど走ると、急に視界が展けた。前方の右手に倉庫のような建物があり、敷地のおよそ半分は駐車場になっていた。コンテナトラック、RV車、セダンなどが八台駐めてあった。

セレナは駐車場の端に入れられた。石津はそれを見届け、プリウスを林道の奥の暗がりに停めた。エンジンを切り、ライトを消す。

石津はグローブボックスに入れてある暗視望遠鏡を取り出し、上着のアウトポケットに突っ込んだ。そっと車から出て、倉庫に似た造りの建物の周囲を見回す。

三方は自然林だった。石津は左手の自然林に分け入った。真っ暗だ。目が暗さに馴れるまで動かなかった。

数分後、石津は下草を踏んで奥に進んだ。建造物の真裏に回り込み、目で太い樹木を探す。すぐ近くに樫の大木があった。

石津は、その大木を登りはじめた。

木登りは得意だった。太い枝が張り出している。そこまで登り、枝を足場にした。

石津はノクト・スコープを片目に当て、建物の中を覗き込んだ。外壁の下部には窓が一つもない。だが、高い位置に採光窓があった。

現在の高さでは、内部をうかがうことはできない。石津はさらに上に登った。横に張り出した枝は細いが、片足を掛けても折れなかった。

石津は片腕を樹幹に回し、ふたたび暗視望遠鏡を覗いた。

五段のスチール段の上に、夥しい数のマネキン人形が収められていた。よく見ると、きわめて精巧な造りのセックスドールだった。最新の〝ダッチワイフ〟なのか。

石津はレンズの倍率を最大にした。

等身大サイズのセックスドールは、白人、黒人、東洋人を模したものだった。肌の色によって仕分けされていた。

生身の若い女性とそっくりだった。乳首はリアルで、実に生々しい。恥丘はぷっくりしている。白人と黒人のドールは飾り毛がない。東洋人のセックスドールにはちゃんと恥毛が植え込まれている。濃淡はもちろん、陰毛の形もバリエーションに富んでいた。

どのセックスドールも外陰部が形づくられ、中心部には穴が開いている。膣の部分にはマイクロコンピューターが仕込まれ、自在に緊縮が可能なのではないか。

日本でセックスドールの類が普及しているという話は聞いたことがないが、中国の独身男は割にセックスドールを密かに使っているようだ。特に若い女性と知り合う機会の少ない農村部の青年たちは愛用しているらしい。

ベトナム、ラオス、カンボジア、インドネシアの若い男たちも、中国で大量生産されているセックスドールを購入しているという。しかし、粗悪品が多いようだ。

石津は、そうした情報をネットで得ていた。どこまで信じていいのかわからないが、まるでリアリティーのない話ではないだろう。異性と親しくなるチャンスの少ないアジア人男性は、性欲を持て余しているにちがいない。

生身の女性と交わっていると錯覚を起こしそうなセックスドールなら、少しばかり高くても飛ぶように売れるのではないだろうか。

女性用の性具を製造してネット販売するよりは、はるかに儲(もう)かるのではないか。『プリハ』の久松代表は商才があるのかもしれない。

しかし、そうしたビジネスで教団運営費を捻出(ねんしゅつ)していることを信者たちが知ったら、幻滅するだろう。代表の久松は軽蔑(けいべつ)されるのではないか。おそらく脱会者が続出するだろう。

久松と親密な関係にある氏家香穂も、がっかりするのではないか。まさか『プリハ』の代表はセックスドールの製造・販売で教団を運営していると香穂には打ち明けていないだろう。

石津は久松の弱みを知って、ほくそ笑(え)んだ。セックスドールのことをちらつかせれば、久松の口は軽くなりそうだ。

「おい、そこで何をしてるんだっ」

突然、大木の下から男の声が聞こえた。

石津はノクト・スコープを片方の目に当てたまま、樹木の根方(ねかた)を見下ろした。二人の男が立っていた。ひとりは木刀、もう片方は鉄パイプを握っている。ともに二十代だろう。

「星を眺めてたんだよ」

石津は言いながら、ノクト・スコープを上着のアウトポケットに突っ込んだ。

「そんな言い訳は通用しないぞ。おまえはここから工場の中の様子をうかがってたんだろうが！」

木刀を持った男が声を張った。

「工場だって⁉ そんなものが、この近くにあるのか。知らなかったな」

「とぼけたって、意味ないぞ。木から降りるんだっ」

「もう少し星を眺めていたいんだよ」

「ふざけるな！」

仲間が息巻き、鉄パイプで樫の樹幹を強く叩きはじめた。

「わかった。いま下に行くよ」

石津は大木から滑り降りた。二人の男が迫ってきた。木刀を手にした男が先に口を開いた。

「何者なんだ？」

「自己紹介は省かせてもらう」

「『魂の絆』の回し者なんじゃないのかっ。城島に頼まれたんだろ？ 城島は、おれたちの工場を突きとめたようだからな。何を嗅ぎ回ってる？ 正直に答えないと、木刀で頭をかち割るぞ」

「できるかな」

石津は薄く笑って、木刀を持った男に横蹴りを放った。

蹴りは相手の脇腹に入った。男がよろけて、灌木の上に倒れた。手から木刀が落ちる。

「八巻、大丈夫か」

片割れが鉄パイプを上段に構えた。石津は木刀を拾い上げるなり、相手の胴を払った。

男が呻いた。利き手から鉄パイプが零れる。

石津は鉄パイプを踏んで、木刀で相手の肩口を打ち据えた。男は近くの樹木に縋りつこうとしたが、地にめり込むように倒れた。

「木刀を奪い返して、めった打ちにしてやれ」

鉄パイプの男が、八巻をけしかけた。八巻が闘牛のように頭を下げ、猛然と突進してくる。

足場が悪い。石津は身を躱せなかった。八巻に両腕で腰に組みつかれた。石津は膝頭で八巻の顔面を蹴り上げた。

一度ではなかった。二度の連続蹴りだった。八巻が膝から崩れた。夜気に血の臭いが混じった。

「は、鼻血が……」

八巻が顎を上げた。

「そのうち血は止まるだろう。おまえら二人は『プリハ』の信者だなっ」

「ち、違うよ。おれたちはネットカフェを塒にしてたんだ、二年数カ月前まではな」

「久松に雇われて、セックスドールを製造してるんだなっ」

「やっぱり、木に登って工場を覗いてたんじゃないか！」

「だから、なんなんだっ。またファイトするか？」

「それは、もう……」

「いかがわしい工場で働いてるのは何人なんだ？」

「八巻、何も言うなっ」

石津の語尾に、鉄パイプの男の声が被さった。

「おまえは黙ってろ」

「おれたちは毎月五十万円も貰って、別に風俗で遊ぶ金までいただいてるんだから、久松さんを裏切れないぞ。八巻、そうだろう？」

「等身大のセックスドールを製造してネットで東南アジアに売ってるのは、おれたち二人を入れて十八人だよ」

八巻が答えた。

「おまえ、恩知らずだな。八巻もおれも家賃が払えなくなって、ずっとネットカフェで寝泊まりしてたんじゃないか。日払いのバイトにありつけたのは月に十日ぐらいだったよな？」

「関根、おれを非難するなっ。久松さんには感謝してるけど、相手が悪いって。おれは木刀、おまえは鉄パイプを使えなくなったんだ。もう観念するほかないじゃないか」

「けどな……」

「虚勢を張ってると、おれたちは半殺しにされるかもしれないんだぞ」

「くそっ」

関根が地べたを拳で撲った。石津は八巻に問いかけた。

「セックスドールは一体どのくらいで売ってるんだ？」

「一番安いドールでも十五万だよ。人工ヴァギナの襞が蠢いて、ぐっとペニスを締めつけてくれるんだ」

「使ったことがあるようだな？」

「試作品のドールを抱いたことがあるよ。最も高い六十万の商品はシリコンの部分が人肌に温まるんだよ。本物の女とナニしてるみたいなんだ。有名国立大学の工学部を卒業したチーフはマントラ解脱教の元信者なんだけど、変わり者なんだよ。もう五十代の半ばなんだけど、セックスドールの開発に情熱を注いでる」

「そいつの名前は？」

「植草だよ。下の名は仁だったかな。試作品の設計図ができ上がると、東京から栃木に来るんだ」

「おまえら十八人は、工場で寝泊まりしてるんだな?」

「そう。二段ベッドが奥にあって、台所や風呂場もあるんだよ。炊事当番は順番制なんだ。スーパーで食料を買い込んで、料理もしてる」

「久松は月に何度ぐらい工場の様子を見にくるんだ?」

「二、三回かな、平均したら。久松さんは近々、別の場所に工場を移す気みたいだね」

「なぜ移す必要があるんだ?」

「『魂の絆』の奴らが、どうも工場のことを知ったみたいなんだよ。夏ごろから不審な男たちが、この工場の周辺をうろつくようになったんだ」

「八巻、いい加減にしろって。何もかも喋ることはないだろうが!」

「いまさら隠しごとをしたって、仕方ないじゃないか」

八巻が関根に言い返し、石津を見上げた。

「おたく、何者なの?」

「フリージャーナリストだよ、ちょっとブラックがかってるがな」

「早い話、強請屋なんでしょ?」

「そんなとこだ」

「久松さんを猥褻罪容疑か何かで警察に密告するぞと脅して、口止め料をせしめる気らしいな」

「そんなチンケな恐喝はしないよ」

「ということは、久松さんにもっと大きな弱みがあるわけ？」

「『プリハ』の代表は、ある殺人事件に関わってるかもしれないんだよ」

「久松さんが信者の誰かに命じて、人殺しをさせた⁉」

「その疑いがないわけじゃないんだ。工場に五十代後半の男がうろついてたことはないか？」

石津は頭に高瀬亮のことを思い浮かべながら、八巻に問いかけた。

「そんな男は見かけたことないな。『魂の絆』の信者と思われる連中が工場の周辺に出没するようになったんで、久松さんに頼まれて二人一組で見回りするようになったんだ。でも、五十年配の男は一度も見かけてないな。目にした怪しい奴らは二、三十代の男ばかりだったよ」

「その連中が『魂の絆』の信者であることは確認したのか？」

「ううん、確認はしてない。おれたちが近づくと、そいつらはすぐに逃げ去ったんだ」

「それなら、その連中が『魂の絆』の信徒かどうかはわからないわけだな」

「でも、久松さんは確信ありげに『魂の絆』の奴らにちがいないと言ってた」

「それは早合点かもしれないぞ。『プリハ』は『魂の絆』と対立関係にあるようだが、ほかの分派の『幸せの泉』や『継承者クラブ』と友好関係とは言えないだろう」

「そうなのか。セックスドールの製造とネット販売をしてるおれたちは、別に『プリハ』に入信したわけじゃないんで、教団のことはよく知らないんだ」

「そうか。久松に入信しないかと誘われたことは？」

「ただの一度もないよ。セックスドールの仕事に関わってる人間が『プリハ』に入ったら、なんとなく都合悪いと思ってるんじゃないか。教団の運営費を工面するビジネスなんだが、誇れる事業内容じゃないでしょ？」

「うん、まあな。久松は、セックスドールの仕事でこれまでにどのくらい稼いだんだ？」

「正確な数字は久松さんと一部の幹部信者しかわからないと思うけど、ざっと計算すると十三億円以上は儲けただろうね」

「それだけあれば、差し当たって教団の運営費には困らないんだろう。ところで、セックスドールは国際宅配便で東南アジアの客たちに送り届けてるのか？」

「そう」

「よく税関で引っかからないな」

「ドール全体をX線検査に引っかからない特殊シートでくるんで、その上にゴム粘土を塗ってアート作品として中国、ベトナム、マレーシア、インドネシアの客たちに届けてるんだ。そのカモフラージュを考案したのは、チーフの植草さんだよ」

「そうか」

「八巻、それぐらいで黙ったほうがいいって」

関根が舌打ちした。八巻は反論しかけたが、肩を竦めただけだった。

「久松は、秘密工場のどこかに骨箱を隠さなかったか？」

石津は八巻に訊いた。

「骨箱だって⁉」

「ああ、そうだ。マントラ解脱教の元教祖の木本忠夫が二〇一八年の七月上旬に死刑になったことは知ってるな？」

「ああ、知ってるよ。新聞は読まないけど、テレビやネットのニュースは観てるからね。まだ遺骨は東京拘置所に保管されてるみたいだな。遺族が故人の遺骨の引き取りを巡って揉めてるんじゃなかったっけ？」

「そうなんだが、もしかしたら、元教祖の遺族か後継団体のどこかが刑務官を抱き込んで……」

「遺骨をこっそり盗み出した？　そんなこと、できないでしょうが！」

「うまくやれば、不可能じゃないだろう。久松がセックスドール製造工場に木本忠夫の遺骨を運び込んだ気配はうかがえなかったか？」

「そういう気配は、なかったね。木本忠夫の遺骨をかっぱらったとしても、久松さんに特にメリットはないでしょ？」

「いや、メリットはあるさ。木本の遺骨を神格化すれば、元信者たちは『プリハ』に集まるだろう」

「そうか、なるほどね。でも、久松さんはそこまでやらないと思うよ」

「そうかな。おまえらを楯にして、その件を直に久松利紀に訊いてみるよ。二人とも立つんだ」

「久松さん、怒るだろうな」

八巻が先にゆっくりと立ち上がった。

そのとき、工場から車が次々に発進する音が伝わってきた。

「さっきコンテナの開閉音が伝わってきたから、セックスドールを急いで積み入れて新しい工場に移ることになったんじゃないのか。八巻、どう思う？」

関根が仲間に問いかけた。

「そうなら、顔を合わせたときに久松さんはそのことを教えてくれるはずだよ」

「おれたちがなかなか戻ってこないんで、久松さんは急に工場を閉鎖する気になったのかもしれないぞ。廃業した倉庫ビルを無断で使って、セックスドールを製造してることを『魂の絆』に知られて警察に通報されたら、面倒なことになるだろうが」

「あっ、そうか。おれたちも荷物をまとめて、逃げたほうがよさそうだな」

「そうするか」

「急ごう」

八巻が関根を支え起こした。

「おまえらは、ここにいたほうがいい。下手したら、久松の側近に殺されるかもしれないからな」

石津はどちらにともなく言って、樹木の間を縫いはじめた。

自然林を出ると、コンテナトラックの隊列の後ろを黒いセレナが走っていた。暗くて確認することはできなかったが、セレナの助手席には『プリハ』の久松代表が坐っているにちがいない。ハンドルを握っているのは、修行服姿の男だろう。

石津はプリウスに向かって走りだした。とことん久松を追う気だった。

レンタカーに達する前に、凄まじい爆発音が轟いた。地響きを伴う爆音だった。

いかがわしい工場の屋根が噴き飛ばされ、火柱が夜空を焦がしはじめた。建物は、瞬く間に大きな炎に包まれるだろう。

石津はレンタカーの運転席に急いで乗り込み、林道を下った。すでにセレナの尾灯は見えなくなっていた。石津はライトをハイビームにして、アクセルペダルを踏み込んだ。ほどなく県道に出た。

石津は左右を素早く見た。どちらの車線も走行車は目に留まらない。一か八か、石津は右折した。だが、五キロ走っても、黒いセレナは視界に入ってこない。

石津は追尾を断念し、プリウスをUターンさせた。

3

食欲がなかった。

石津は、食べかけのバタートーストをパン皿に置いた。コーヒーをブラックで飲む。

自宅マンションのダイニングテーブルに向かっていた。間もなく午前十時になる。

前夜のことは思い出したくなかった。壬生町の丘陵地から東京に戻った石津は、真っ先に『プリハ』の教団本部を検べた。門扉の隙間から覗いたのだが、黒いセレナは車寄せに駐められていなかった。

どうやら久松は教団本部には戻っていないようだ。実家に身を潜めているのかもしれない。

石津はそう推測し、久松の知人になりすまして実家に電話をかけてみた。受話器を取ったのは久松の実母だった。久松は実家にはいなかった。母親が嘘をついている様子はなかった。

石津は『プリハ』の教団本部から、目白三丁目にある氏家香穂の自宅に回った。邸宅に忍び込み、外壁に〝コンクリート・マイク〟と呼ばれる盗聴器のマイクを押し当ててみた。

だが、家の中からテレビの音声しか伝わってこなかった。久松が香穂の自宅に潜伏している様子はなかった。

石津は徒労感を覚えながら、電話で尾崎参事官に経過を報告して帰宅した。久松に迫るチャンスを逃してしまったことが悔やまれる。『プリハ』の代表はセックスドールの製造・ネット販売で教団の運営費を賄っていることを信者たちに知られたくなかったのだろう。それで、完成しているセックスドールを別の場所に移す気になったようだ。移転先はどこなのか。

石津は煙草をくわえた。

簡易ライターで火を点けようとしたとき、卓上で刑事用携帯電話が震動した。反射的にポリスモードに手を伸ばす。発信者は尾崎参事官だった。

「栃木県警から情報を貰ったよ。壬生町の丘の上にある工場は全焼したそうだ。溶けたセックスドールが何体か発見されたらしいが、焼死体はなかったという話だったな」

「そうですか。木本忠夫の遺骨と思われる人骨は……」

「そういう骨は発見されなかったようだ。ドールの型抜きの機械は、焼け焦げたまま十台ほど放置されていたそうだがね。それから、久松が乗ってたと思われる黒いセレナは県内のNシステムにはまったく記録されてなかったよ」

「県道や市道を走って、栃木県内のどこかに潜伏してるんだろうか。参事官、コンテナトラックやRV車も幹線道路のNシステムに引っかからなかったんでしょうか？」

石津は確かめた。

「そういう話だったな。久松が他人名義の倉庫を勝手に使用し、送電線から引き込み線で盗電してたこともはっきりしたんで、栃木県警は証拠が固まり次第、『プリハ』の代表を検挙するつもりでいるようだ」

「そこまで栃木県警がする気になったのは、火災現場近くで八巻と関根が職質を受けたからなんでしょうね」

「ああ、そうなんだよ。その二人は消防署員と地元署の人間に『プリハ』が工場で精巧な等身大のセックスドールを製造して、東南アジアに売ってると喋ったようなんだ」

「そういうことで、栃木県警は久松のことを知ったんですね」

「そうらしいんだ。昨夜(ゆうべ)、石津君が話してた『プリハ』の元信者の植草仁、五十四歳の現住所を本庁(うち)の運転免許本部から教えてもらったよ。ひょっとしたら、久松が植草宅に匿(かくま)われてるかもしれないと考えたんだが……」

「ええ、そうなのかもしれませんよ。植草の自宅はどこにあるんです？」

「中野区若宮三丁目×番地だ。戸建て住宅に住んでるようだな」

「植草の家に行ってみます。久松が植草宅にいなかったら、氏家香穂の家に回るつもりです」

「そうか。久松が当分の間、身を隠す気でいるなら、そのうち香穂を潜伏先に呼ぶとも考えられるからな」

「ええ」

「何か動きがあったら、また報告してくれないか」

尾崎が通話を切り上げた。

石津はダイニングテーブルから離れ、パン皿とマグカップを洗った。洗面所で髭を剃り、身繕いをする。

石津は五〇五号室を出て、地下駐車場に下りた。プリウスに乗り込み、レンタカーの営業所に向かう。

石津はプリウスを返却し、新たに白いクラウンを借りた。一年落ちのレンタカーだったが、新車に近い感じだった。エンジン音も安定している。

石津はクラウンで中野区若宮に向かった。

植草の自宅を探し当てたのは、およそ三十分後だった。実家なのか、古ぼけた二階家だ。敷地は七十坪前後だろう。カーポートには旧型のフォルクスワーゲンが駐めてあるだけで、黒いセレナは見当たらない。

石津は植草宅から少し離れた路上にレンタカーを駐め、十五、六メートル逆戻りした。

植草宅のインターフォンを鳴らす。ややあって、スピーカーから男の低い声が流れてきた。

「どちらさま？」

「わたし、中村淳という者です。フリーライターで、主に風俗関係の記事を書いてるんですよ。植草さんでいらっしゃいますね？」

「そうです。ご用件は？」

「ライター仲間から植草さんが画期的なセックスドールを開発されたと聞いたもので、ぜひ取材させていただきたいと伺ったわけです」

「取材はお断りする。目立つようなことはしたくないんだ」

「それは残念です。実はわたし、〝ダッチワイフ〟のコレクターなんですよ」

石津は植草の気を惹いた。むろん、作り話だ。

「ほう！　別に同好の士ってわけじゃないが、なんだか話が合いそうだな」

「来客中ですか？」

「いや、客などいないよ。ずっと独身なんだ。ここは実家なんだが、両親が数年前に相次いで他界したんで、わたしが相続したんだよ」

「それでしたら、少しお邪魔させてくれませんか」

「ああ、いいよ。ポーチまで進んでくれないか、門扉は開いてるから」

植草の声が途切れた。

石津は植草宅の門を潜り、アプローチを進んだ。ポーチに達すると、玄関ドアが開けられた。

植草は白髪交じりの頭髪を肩まで伸ばし、変わったデザインの上着を羽織っていた。下はアンクルパンツだ。アーティストっぽい身なりだった。

「中村です」

石津は偽名を口にし、上着の内ポケットを探った。

「植草です」

「あっ、いけない！」

「どうされました？」

「名刺入れを別のジャケットに入れたままで、自宅を出てきてしまったんです。次回にお目にかかったとき、必ず名刺を差し上げますので……」

「名刺なんかどうでもいいんだ。さ、上がって！」

植草が玄関ホールまで戻り、スリッパラックに片腕を伸ばした。

石津は後ろ手に玄関ドアを閉め、靴を脱いだ。スリッパを履く。

案内されたのは、玄関ホールに接した応接間だった。ソファセットは古めかしかった。

「独り暮らしなんで、茶も出せないんだ。勘弁してよ」

植草がそう言い、先にソファにどっかと腰かけた。来客を先に坐らせるのがマナーだが、社会通念や常識には囚われないタイプなのだろう。

「失礼します」

石津は、植草の正面のソファに腰を落とした。

「〝ダッチワイフ〟のコレクターだという話だが、国内外の等身大サイズの製品も持ってるの？」

「三十近くコレクトしました。ですが、国産は造りがチャチですね。欧米のセックスドールはデフォルメされすぎてて、あまり煽情的じゃありません」

「そうだね。わたしも三十代の後半から四十代半ばごろまで、世界のセックスドールを集めたことがあるんだ。フランスとイタリアの物はそれなりにセクシーだったが、本家のオランダ製の商品はどれもたいしたことなかったね。どれも粗雑だったよ。北欧の物は悪くなかった」

「欧米人は手先があまり器用じゃないんでしょうね」

「だと思うよ。それに首から下だけのセックスドールが少なくない。それじゃ、あまりにも即物的じゃないか」

「ええ、そうですね」

「だから、わたしは生身の女性そっくりの等身大サイズドールを趣味で造るようになったんだよ。試行錯誤を重ねて、ようやく納得できるセックスドールをこしらえることができたんだ」

「お作を見せていただけませんか」

「自宅には一体も置いてないよ。自分で使用するほど若くないからね。女性器を象って3Dプリンターで造った物はたくさんあるが、それはセックスドールじゃない。ドールをこしらえるときに参考にしてるんだよ」

「植草さんは、『プリハ』の信者だった時期があるそうですね」

「そんなことまで調べたのか。木本教祖が逮捕されてから幹部信者たちが権力闘争をおっぱじめたんで、なんか厭気が差したんだよ。『プリハ』の久松代表とは親しくしてたんで、最大の後継団体に所属はしてたんだが、数年前に脱会したんだ」

「久松代表はすんなり脱会させてくれたんですか?」

「何度も慰留されたよ。しかし、わたしの決意は変わらなかった。だから、代表も諦めてくれたんだ。久松さんと喧嘩別れしたわけじゃないんで、協力ができることはしてるんだよ」

　植草が言った。

「どんな形で協力してるんです？」

「信者たちの浄財だけでは教団を運営できないんで、資金面でちょっと協力してるんだ。具体的なことは話せないがね」

「そういえば、マントラ解脱教の元教祖の遺骨はまだ東京拘置所に保管されてるようですね」

「そうなんだ。遺族が木本忠夫の遺骨の引き取りを巡って、ずっと対立してるんだよ。故人の妻と三女は遺骨を『プリハ』に託したいと言ってるんだが、四女がそれに強く反対してる」

「元教祖の遺骨を神格化したいと願ってるのは、『プリハ』だけじゃないんでしょう？」

「ちょっと待ってくれ。別に久松代表は木本の遺骨を神格化したいなんて考えてないと思うよ」

「そうなんですか。元教祖の遺骨があれば、信者は何倍にも増えると思うんですが……」

「そうだろうが、久松代表は木本の奥さんと四女を除く子供たちの気持ちを汲んで遺骨を教団で預かる気になったんだよ。本人がそう言ってたから、間違いないだろう」

「『魂の絆』の城島代表は木本元教祖が逮捕されたとたん、公然と……」

「教祖を批判しはじめたね」

「ただ、それはマントラ解脱教そのものを否定するんではなく、元教祖に問題があったと訴えたかっただけで、裏では『プリハ』とちゃんと繋がってるという見方をするジャーナリストもいるようですよ。そのあたりは、どうなんでしょう？」

石津は鎌をかけた。

「そんなふうに勘繰る者がいることは知ってるよ。しかし、そうじゃないな。久松代表は城島のことを裏切り者と公言してるし、『魂の絆』の代表も堂々と久松批判をしてる。二人がマントラ解脱教のイメージアップのために演技をしてるとは思えない」

「そうですか」

「城島は計算高い男だから、四女の聖美さんに取り入って、元教祖の遺骨を『魂の絆』で引き取りたいと考えてるのかもしれないな。そうできたら、『プリハ』だけではなく、『幸せの泉』や『継承者クラブ』の信者を自分の教団に取り込めるだろうからさ」

「場合によっては、他の三派は解体に追い込まれるかもしれませんね」

「そうなるだろうな。抜け目のない城島のことだから、力ずくで木本忠夫の遺骨を手に入れようとするとも考えられるね」

「どうやって手に入れる気なんでしょう？」

「東京拘置所を爆破して、刑務官たちを短機関銃か自動小銃で次々に撃ち殺しながら……」

「木本忠夫の遺骨を盗み出す？」

「そういう荒っぽいこともやりかねないんじゃないか、連中は」

「しかし、襲撃グループのメンバーの誰かが刑務官たちに取り押さえられたら、『魂の絆』の信者だと知られてしまうでしょ？」

「ああ、そうだろうな。城島は『プリハ』の信者たちを五、六人抱き込んで、東京拘置所から遺骨を盗み出させる気なのかもしれないぞ。城島は何か非合法ビジネスで荒稼ぎしてるようだから、抱き込み作戦の金は易々と用意できるだろう」

「植草さん、『魂の絆』の城島代表が東京拘置所の職員を抱き込んで、木本忠夫の遺骨を外に出させたとは考えられませんか？」

「あっ、そういう手もあるね。城島は刑務官に多額の謝礼を払って、木本の遺骨を盗み出させたのかもしれないな。そうだったとしたら、世田谷区代田の教団本部に安置してあるんだろう。いや、待てよ。木本の遺骨を『魂の絆』が入手済みだとしたら、口コミで他の三つの分派の信徒たちもそのことを知るんじゃないのか」

「そうでしょうね」

「『魂の絆』の信者数が急増したという噂は耳に入ってないから、城島は木本忠夫の遺骨を刑務官に持ち出させてないんだろうな」

「ひょっとしたら、城島代表は元教祖の遺骨を手に入れておきながら、ほとぼりが冷めるまで内密にしてるのかもしれませんよ。遺骨を盗み出させたことを認めたら、城島は手錠を打たれちゃうでしょ？」

「だろうね。だから、城島は余計なことは一切喋らないんじゃないのか」

「植草さん、城島は疑わしいですが、ほかの分派も元教祖の遺骨は欲しいんじゃないですか。木本忠夫を神格化すれば、おのずと信者数は増えるでしょうから」

「『魂の絆』だけではなく、『幸せの泉』や『継承者クラブ』も木本の遺骨を狙ってるのかもしれない？」

「その可能性はあると思います」

「『幸せの泉』から枝分かれして『継承者クラブ』の代表になった西浦洋子は木本の寵愛を受けた女性信者のひとりなんだ。木本の子供を流産してしまったんで、側女扱いはされなかったが、自分は単なる信者ではないという自負があるんじゃないか。だから、百数十人の信者を引き連れて『幸せの泉』と袂を分かったんだろうな」

「そういう教団代表なら、元教祖の遺骨を手に入れたくなるかもしれないですね」

「もし木本忠夫の遺骨が東京拘置所から持ち出されてたとしたら、『魂の絆』『幸せの泉』それから『継承者クラブ』のどこかが関わってそうだな」

　植草が言った。

「三つの分派だけじゃなく、元教祖の遺族も疑えるでしょう？　遺骨の引き取りを巡って木本の四女は、自分以外の家族と対立してるようですから」

「そうなんだが、四女の木本聖美が東京拘置所の職員を抱き込んで父親の遺骨を外に持ち出させたとは思えないな。四女の代理人は人権派の宮内弁護士なんだ。弁護士から善悪を見極めろと教えられているはずだから、犯罪行為に走るようなことはないだろう」

「元教祖の三女はどうでしょう？　彼女は母親や姉弟たちとまとまって、亡父の遺骨の引き取りを強く望んでるんですよね。マスコミ報道では、そうだったな」

「三女の木本瞳はぜひ亡くなった父親の遺骨を受け取りたいと考えてるだろうが、有力な弁護士が四女以外の遺族の代理人を務めてるんだから、愚かなことはしないさ」

「となると、怪しいのは『魂の絆』『幸せの泉』『継承者クラブ』の三派ですかね」

「少し前から何かおかしいと感じてたんだが、きみは本当にフリーライターなのかっ」

「ええ、そうですよ」

「どんな雑誌やスポーツ紙になんというペンネームで風俗関係の記事を書いてるんだ？」

「あちこちに寄稿してるんですが、どれも無署名なんですよ。もう少し経験を積まないと、署名記事は書かせてもらえないでしょう」

「セックスドールのコレクターと称して近づいてきたのは取材ではなくて、別の目的があったんだろ？　きみは公安調査庁の隠れ調査官なんじゃないのか。え？」

「ただのフリーライターですよ。話を脱線させてしまいましたが、面白い話を聞かせてもらいました。ありがとうございました。そろそろお暇します」

石津は礼を述べ、ソファから立ち上がった。

植草も腰を上げ、長椅子を回り込んできた。

「きみ、運転免許証を見せなさい」

「名刺入れと同じく別の上着に免許証も入れてあるんですよ」

石津は言い繕った。

「ごまかすな」

「本当なんです」

「ごまかすな。おい、何者なんだっ」

植草が石津の胸倉を摑んだ。

ほとんど同時に、石津は植草に足払いを掛けた。植草は横倒しに転がった。

石津は応接間を飛び出し、急いで靴を履いた。

植草宅を出て、レンタカーに駆け寄る。石津はせっかちにクラウンを走らせ、氏家香穂の自宅に向かった。

4

豪邸と呼んでも差し支えないだろう。

氏家宅は、一際目立つ邸宅だった。敷地は優に二百坪はありそうだ。モダンな造りの二階家は庭木に囲まれ、道路からは半分しか見えない。

石津は、氏家宅の斜め前に停めたレンタカーの中にいた。張り込む前に借りたクラウンから出て、氏家邸の前を通り抜けた。

門扉越しに邸内を覗き込むと、香穂と思われる三十三、四歳の女性が内庭に散った枯葉を掃き集めていた。

知的な美人だが、妖艶でもあった。体型はまだ若々しい。乳房は豊満で、ウエストも深くくびれていた。

邸の中は静まり返っている。『プリハ』の久松代表が匿われている気配はうかがえなかった。だが、氏家香穂が久松に呼び出されるかもしれない。

石津はレンタカーの中に戻り、張り込みはじめた。

いつも張り込みは自分との闘いだった。焦らず捜査対象者が動きだすのをじっと待つ。それが鉄則だ。

だが、二十代のころは功を急ぐ気持ちがあって不用意に覆面パトカーを離れてしまい、マークした相手に張り込みを覚られることがあった。そんなときは、バディの先輩刑事にこっぴどく叱られた。ひたすら自分の非を詫びるほかなかった。

時間がいたずらに流れ、正午を過ぎた。

石津は途中で買ったハンバーガーとフィッシュバーガーを頬張った。どちらも、すっかり冷めていた。あまりうまくなかったが、空腹感をなだめることはできた。コーラを飲み、食後の一服をする。

覆面パトカーは全車禁煙だったが、レンタカーは喫煙を禁じられている車種ばかりではなかった。ゆったりと紫煙をくゆらせていると、尾崎参事官から電話がかかってきた。

「久松の潜伏先がわかったんですか？」

石津はのっけに訊いた。

「そうじゃないんだ。本庁の記者クラブに詰めてる毎朝日報社会部のベテラン記者から耳よりな情報を得たんだよ」

「どんな情報なんです？」

「東京拘置所の職員と思われる人物がね、匿名で毎朝日報の東京本社に内部告発状のような文書を送りつけたらしいんだ」

「どんなことが書かれてたんです？」

「木本の遺骨が雑司ケ谷霊園から持ち出された別の死刑囚の骨壺とすり替えられた疑いが濃厚だと最初に記されてたそうなんだ。骨箱の大きさと新しさは木本の物と同じだったらしいんだが、骨壺は古びてたという話だったよ」

「内部告発者は、管理のずさんさを外部の者に知ってほしかったんでしょうね」

「そうなんだろう。匿名で新聞社に訴えた者は木本忠夫が火葬されて三日後の夜、死刑囚房の監視業務に就いてたみたいだな。突然、拘置所内が一時間ほど停電になったことを不審に思って、後日、上司に所内で何か異変が起こったのではないかと訴え、木本の遺骨をDNA鑑定してはと進言したらしいんだ」

「上司の反応はどうだったんでしょう？」

「何も異変は起きてないと語気強く答えたそうだ。それで、告発者はこっそりと遺骨保管室に忍び込んで……」

「木本の骨箱を開けたら、骨壺は新しくないことを知ったんですね」

「そうなんだ。それで、情報提供者は何者かが木本忠夫の遺骨を盗み出したのではないかと推測したにちがいない。しかし、そのことを上司に報告したら、無断で遺骨保管室に入ったことで罰せられると考えて、毎朝日報東京本社に内部告発したんだろうね」

尾崎が言った。

「根も葉もないデマを新聞社に流すなんてことは考えにくいことですので、告発内容は事実なんでしょう。木本忠夫が火葬された三日後の深夜、東京拘置所は一時間ぐらい急に停電してます」

「故意に停電させたのは、小野刑務官と疑える節があったんだったな。その小野は檜町公園前で三人組に車で連れ去られ、足立区内の廃工場で撲殺体で発見された」

「ええ、そうですね。三人組のリーダー格の男は『プリハ』の修行服を身に着けていましたが、それは偽装っぽかったので……」

「刑務官だった小野の口を封じたのは、『プリハ』の関係者ではないと思われる。しかし、そう断定する証拠はない。そうだったね？」

「はい。参事官、例の法務省高官にもう一度鎌をかけていただけませんか」

「もう鎌をかけた。毎朝日報の東京本社に届いた告発状めいた手紙のことを話すと、それは虚偽情報（ガセネタ）だと一笑（いっしょう）に付した。だがね、明らかにうろたえてたよ。木本の遺骨が東京拘置所から盗み出されたことは間違いないと判断してもいいだろう」

「そうですね。殺された小野が停電させて、外部の人間を拘置所内に引き入れたんでしょう。それで多額の謝礼を得たから、急に金回りがよくなったんだと思います」

「小野徹が木本忠夫の遺骨の持ち出しに協力したのは確かだろうな。ただ、遺骨の行方は不明だ。石津君、『プリハ』の久松代表は遺骨盗難事件に本当に関与してないんだろうか」

「小野徹を発射型高圧電流銃（ティザーガン）で昏絶させた男は『プリハ』の修行服を着ていました。久松が遺骨を盗み出せと信徒に命じたとしたら、修行服を着用させるはずありませんよ」

「久松は破れかぶれになってて、捜査関係者に怪しまれてもいいと開き直ったのかもしれないぞ。そして、木本の遺骨を親密な間柄の氏家香穂の家に置いてもらってるんじゃないだろうか」

「それは考えにくいですね。久松が身を隠してるのは他人の建造物を勝手に使って、電気も盗んでたからでしょう。加えて等身大サイズのセックスドールを製造して東南アジアの男たちに売ってたことを教団の信者に知られたくなかったんでドールを別の所に移し、自分も潜伏する気になったんでしょう」

「遺骨の盗難に関しては、久松利紀はシロか」

「少し灰色っぽくはありますが、シロという心証を得ました」

「それなら、もう氏家香穂に張りつく必要はないんじゃないのかね」

「久松をダイレクトに追及したことはないので、どうしても潜伏場所を突き止めたいんですよ。香穂の動向を注視してれば、久松の居所がわかるかもしれないでしょ？」

「そうだろうな」

「何か進展があったら、すぐに報告します」

石津は電話を切って、ポリスモードを懐に戻した。張り込みを続行する。

虚しく時間が流れるだけで、何も動きはなかった。香穂は外出する予定はないのだろうか。そうなら、張り込みは空振りに終わってしまう。

だが、ここで諦めるのは賢明ではないだろう。石津はカーラジオを聴きながら、粘りつづけた。

香穂が自宅から姿を見せたのは午後四時近い時刻だった。

フェミニンな服を着た香穂が表通りに向かって歩きだした。水色のキャリーケースを引いている。

　氏家宅のカーポートには、ベンツＥクラスとＢＭＷのスポーツカーが並んでいた。

　車で出かけないのは、飛行機か船に乗るからなのか。そうではなく、久松の潜伏先に何日か泊まる気なのか。

　石津は少し間（ま）を置いてから、クラウンを発進させた。低速で進み、被尾行者には不用意に接近しないよう心掛ける。

　表通りに達すると、香穂はタクシーを拾った。

　石津は、香穂を乗せたタクシーを慎重に尾（つ）けた。タクシーは十数分走り、ＪＲ高田馬場（たかだのばば）駅の近くにある八階建ての雑居ビルに横づけされた。

　石津はレンタカーを路肩に寄せた。

　香穂がタクシーを降りた。キャリーケースを引きながら、雑居ビルの中に入っていった。石津は自然な動きでクラウンの運転席を離れ、雑居ビルまで大股で歩いた。

　エントランスロビーを覗き込む。香穂はエレベーターホールにたたずんでいた。ほかに人の姿はなかった。

　石津は雑居ビルの中に足を踏み入れ、エレベーターホールから死角になる場所で立ち止まった。

少し経つと、香穂がエレベーターの函に乗り込んだ。ケージの扉が閉まる。石津はエレベーターホールまで駆け、階数表示盤を見上げた。

香穂が乗り込んだケージは三階で停まった。目的の階にちがいない。

石津はエレベーターの脇にある階段を一気に三階まで駆け上がった。ふだんから体を鍛えているからか、息が乱れることはなかった。物陰から通路を見る。

香穂は最も端にある事務所のドアフォンを鳴らし、すぐに入室した。

石津は抜き足で歩き、奥の事務所のプレートを読んだ。『レインボー写真スタジオ』と書かれている。

石津はスチールドアに耳を押し当てた。

香穂が女性と言葉を交わしている。男の声は伝わってこない。久松の潜伏先ではなさそうだ。〝コンクリート・マイク〟を使えば、会話は鮮明に聴こえるだろう。

あいにく〝コンクリート・マイク〟は、レンタカーのグローブボックスの中だ。取りに戻ろうとしたとき、エレベーターホールから男のわざとらしい咳払いが聞こえてきた。

石津はスチールドアから離れた。

エレベーターホールには、五十絡みの男がいた。不審そうな目を向けてくる。石津はエレベーターホールに引き返し、男に話しかけた。

「別に怪しい者じゃありません。写真スタジオの客が多いかどうか、ちょっと耳をドアに押し当ててたんですよ」

「そうだったのか。事務所荒らしがこのビルの様子をうかがいに来てるって話も聞いてたんで、一一〇番しようかどうか迷ってたんだ」

「お騒がせしちゃったな。スタジオの客が多そうなんで、別の日にパスポート用の写真を撮（と）ってもらうことにします」

「そう」

男がそう言い、エレベーターホールの近くにある弁理士事務所のドア・ロックを解（と）いた。弁理士なのだろう。

石津は男に目礼して、ケージに乗り込んだ。一階に下り、クラウンに乗り込む。雑居ビルの出入口は見通せた。香穂が表に出てくれば、すぐに気づくだろう。雑居ビルの入居者に怪しまれるような行動は慎（つつし）むことにした。

香穂が姿を見せたのは、三十数分後だった。なんと美しい未亡人は男装していた。宝塚の男役のような髪型で、黒っぽいパンツスーツ姿だ。

男臭さは感じられないが、中性っぽくは見える。キャリーケースは引っ張っていない。写真スタジオに預けたのだろう。

香穂は雑居ビルの前で、また空車を捕まえた。男装して久松の潜伏先に向かうのか。

石津は一瞬、そう思った。しかし、久松に会うのに男装する必要などないはずだ。どうやら香穂は、別の人間と会うことになっているらしい。

タクシーが走りだした。石津はレンタカーでタクシーを追った。

タクシーは二十分ほど走り、池袋(いけぶくろ)の西口にあるシティホテルの表玄関に停まった。石津はクラウンを車寄せの端に停止させ、急いで運転席を出た。まだ香穂には顔を知られていない。

釣り銭を受け取った香穂がホテルの回転扉を抜け、広いロビーを横切った。石津も館内に入った。

香穂はロビーの左手奥にあるフロントには立ち寄ることなく、エレベーター乗り場に向かった。石津は足を速(はや)め、香穂の斜め後ろで立ち止まった。

エレベーターは五基あった。香穂が右端のケージに入った。石津は扉が閉まる直前にケージに乗り込んだ。

十一階のボタンが押されている。石津は十二階のボタンに触れた。ケージの中には二人しかいない。香穂は階数表示ランプの動きを目で追っていた。

石津は意味もなく左手首のオメガに目をやった。無関心を装(よそお)ったのだ。

エレベーターが十一階で停まった。

香穂がケージから出た。扉が左右から迫(せ)り出す。石津は右手を突っ込んだ。ケージの扉が左右に割れる。

石津はそっとケージを出て、物陰に身を隠した。顔を少し出し、通路に視線を投げる。男装した香穂は、一一〇五号室に入りかけていた。すぐにドアが閉められた。

石津は防犯カメラの数を数えた。

エレベーターホール付近には一基だけしか設置されていなかったが、通路には二基見える。

石津はうつむき加減に歩き、一一〇五号室に近づいた。部屋のドアフォンを鳴らす真似をして、耳をそばだてる。しかし、人の話し声は耳に届かなかった。

部屋の中に香穂を待っていた人物がいるはずだ。それは久松なのか。少し前まで香穂が男装して久松と会う理由はないと思っていたが、よく考えると、そうとは決めつけられない。

『プリハ』の代表は堅物と思われているが、陰でセクシーな未亡人と男女の関係をつづけてきた。そのことを信者たちに知られたら、イメージダウンになるだろう。

敵対関係にある『魂の絆』の城島に覚られたら、誹謗中傷の材料になるだろう。最悪の場合、『プリハ』の信者の多くは『魂の絆』に移ってしまうかもしれない。

久松はそれを恐れて、香穂に男装してホテルに来てほしいと頼んだとも考えられる。香穂にしても、久松と男女の関係であることを隠しておきたかったのではないか。そう推測すれば、彼女が男装したことがうなずける。

石津は一一〇五号室から離れ、エレベーターで一階ロビーに下りた。フロントに寄り、FBI型の警察手帳を四十五、六歳に見えるホテルマンに呈示する。

「警視庁の者です。捜査にご協力いただきたいんですよ」

「は、はい」

「一一〇五号室を取ったのは、久松という男なんじゃないですか？　いや、本名は使ってないだろうな」

「お客さまの個人情報はお教えできません。どうかご理解いただきたいですね」

「部屋にいる男は凶悪犯なんです。自暴自棄になってホテルの客を人質に取って、非常線を突破するかもしれないな。拳銃を持ってて、すでに一名射殺してる」

「えっ⁉」

ホテルマンは、石津の作り話を真に受けたようだ。みるみる顔から血の気が引いていく。

「警察の手が迫ったことを知ったら、人質の客や従業員を撃ち殺して、残弾で自分の頭部をミンチにするかもしれないな」

「そんなことをされたら、当ホテルには誰も寄りつかなくなるでしょう。弱ったな。本当に弱りました」

「一一〇五号室にチェックインした人間が容疑者だとわかったら、部屋に突入して身柄を確保しますよ」

「わたしの一存では決めかねますので、いま総支配人を呼びましょう」

「もたもたしてたら、容疑者が客を弾除けにして、すぐにもホテルから逃亡するかもしれないんですよ」

「しかし……」

「手遅れになったら、犠牲者の遺族にどう責任を取るんですっ。あなたが速やかに決断しなかったばかりに、死傷者が大勢出るかもしれないんですよ。あなた、被害者に償えるのか」

「そうおっしゃられても……」

「もう時間がないんだ。早く決断しろ！」

石津は一喝した。

ホテルマンが怯え、全身を竦ませた。パソコンのキーボードを叩きはじめる。

「一一〇五号室を予約してチェックインされたのは、岡島愉さまです。年齢は五十五歳ですね」

「現住所は？」

「世田谷区代田一丁目二十×番地です。ご職業は宗教評論家ですね。岡島さまは過去に数十回予約されていますので、刑事さんが追っている容疑者ではないと思います。岡島さまはめったに泊まらずに何時間か部屋で瞑想されて、地下の駐車場に置いてあるグレイのレクサスで帰られています」

「その岡島って男の部屋を訪ねる者は？」

「チェックインされた日は、秘書の美青年が必ず部屋で一緒に過ごされてるようです」

「美青年？」

「ええ、そうです。中性っぽく見える青年ですよ」

「そう」

石津は短い返事をした。

岡島愉と名乗っているのは、『魂の絆』の城島代表ではないだろうか。苗字に〝島〟が入っているし、教団本部は世田谷区代田にある。職業も宗教評論家と称しているなら、ほぼ城島と思ってもいいだろう。

「岡島さまはいつも先にお部屋に入ってからシャワーを浴びた後、瞑想に耽っているようです」

「秘書の美青年は数十分遅れて、宗教評論家の部屋を訪れてるのかな？」

「はい、そうです」

「お二人は三、四時間過ごされることが多いですね。ごくたまに岡島さまは泊まったりしますが、たいがい秘書の方が先に帰られて……」

「その後、岡島はチェックアウトしてるわけか」

「そうです」

「バスタオルやバスローブは、一人分しか使われてないんだろうか」

「いいえ、両方とも使用されていますね」

ホテルマンが言って、首を小さく傾げた。

氏家香穂は久松の目を盗んで、『魂の絆』の城島代表とちょくちょくホテルで密会しているのだろう。わざわざ男装するのは、浮気が発覚することを警戒しているからにちがいない。

香穂は城島に上手に口説かれ、スパイめいたことをしているのではないか。そうだとしたら、『プリハ』の活動や裏仕事のことは筒抜けだろう。

城島は久松の弱みにつけ込んで『プリハ』を解散に追い込み、信者たちを自分の教団に移らせる気なのではないか。要するに、『プリハ』をぶっ潰そうと考えているのだろう。

「きっと何かの間違いですよ」

ホテルマンが言いにくそうに言った。

「十一階の防犯カメラの映像を観せてほしいんですよ」

「それはちょっと……」

「観せてもらう」

石津は相手を見据えた。ホテルマンが目を伏せ、フロントから少し離れた所にあるモニタールームに石津を案内した。

三十台前後のモニターが並び、五人のスタッフが映像を監視中だ。ホテルマンがスタッフのひとりに声をかけ、十一階の防犯カメラの映像をすべて再生するよう指示した。

石津は立ったまま、腕組みをしてモニターの映像を喰い入るように眺めた。

何分か過ぎると、一一〇五号室に入る男の姿が映った。『魂の絆』の城島代表に間違いなかった。

さらに少し経過すると、今度は氏家香穂が映し出された。一一〇五号室に消えた若い未亡人は〝女の貌(かお)〟になっていた。情事が待ち遠しいのではないか。

「改めて岡島さまを見ると、マントラ解脱教の木本元教祖の側近だった城島さまによく似ていますね。まさか当の本人では……」

「確かに似てるが、別人だろうな」

「刑事さん、容疑者ではなかったんでしょ？」

ホテルマンが訊いた。

「申し訳ありません。別人でしたよ」

「やっぱり、そうでしたか。こちらとしては、これで安心できます」

「ご迷惑をかけました。すみませんでした」

石津はホテルマンに謝(あやま)って、逃げるようにモニタールームを出た。

第五章　透けた漁夫の利

1

午後九時を過ぎた。

だが、まだ氏家香穂はホテルの表玄関から出てこない。情事の余韻に身を委ねているのか。

石津はレンタカーの運転席で微苦笑した。

借りたクラウンは、客待ちのタクシーの後方に駐めてある、車寄せの端だった。

いつまで待たされるのか。マスクの整った城島は若い時分から、数多くの女性とベッドを共にしてきたのだろう。当然、性技には長けているのではないか。

香穂は蕩けるような愉悦を与えられ、城島から離れられなくなったと思われる。久松を裏切っていることになるわけだが、もはや背信を悔やむ気持ちはないのかもしれない。

城島は表向きは独身と言われている。それが事実なら、若い未亡人と密会を重ねていても、不倫をしているとは非難されないだろう。

しかし、五十代半ばの男が本気で香穂にのめり込んでいるとは考えにくい。彼女が得た亡夫の遺産目当てで、交際しているのではないか。そう邪推したくなるほど城島は狡猾な生き方をしてきたという印象を与える。

筋の通っていない生き方をしている人間はたいがい節操がなく、物欲が強い。権力や名誉を欲しがる傾向もある。利己的な性格なのだろう。

城島と香穂の痴態を想像すると、石津は妖しい気分になった。久しく女性の肌に触れていなかった。

事件に片がついたら、大人向けのハントバーに出かけてみたくなった。ワンナイトラブを活力源にしている独身女性は少なくない。その気になれば、たいてい相手は見つかる。

情感の伴わない交わりは、事後に虚しさを味わわされる。それでも、柔肌を貪っている間は穏やかな安らぎに包まれる。再婚する気のない石津は、そんなセックスライフで満足してきた。そもそも性に大きな期待はしていなかった。

制服姿の若いホテルマンがためらいながら、レンタカーに近づいてくる。石津は運転席側のパワーウインドーのシールドを下げた。

ホテルマンがクラウンを回り込んできて、恭しく一礼した。

「長いことお車をこの場所に駐めてらっしゃいますよね？」

「そうだが、タクシーやハイヤーの邪魔にはならないでしょう」

「原則として、車寄せは駐車禁止になっております。例外を認めるわけにはいかないのです」

「わかってる。ホテルに迷惑をかけてるが、張り込み中なんだよ」

「刑事さんなんですか⁉」

「そうなんだ」

「刑事さんたちは通常、二人一組で聞き込みや尾行をされると聞いていますが……」

「時には単独捜査もするんだよ。偽刑事と思われたのかな」

石津は苦く笑って、懐から警察手帳を摑み出した。ホテルマンが、貼付してある顔写真をじっくりと見る。

「ポリスグッズの店で売られてる模造品じゃないよ」

「ええ、本物の刑事さんだと思います。当ホテル内に事件に関与した者がいるのでしょうか？」

「詳しいことは喋れないんだが、それは間違いない。マークしてる容疑者は凶悪な男なんだ。それに、丸腰じゃないんだよ」

「刃物を所持しているのですか？」

「サバイバルナイフのほかに、改造銃も持ってる。ロビーには、客に化けた同僚たちが何人もいるから、銃撃戦になる前に緊急逮捕できるだろう」

石津は、とっさに思いついた作り話をした。

「ペアで張り込まれると、犯人に刑事さんと見破られてしまう恐れがあるのでしょうね。それで、単独で張り込まれていたわけですか」

「そうなんだ」

「そういうことでしたら、お車を移動していただかなくても結構です。どうも失礼いたしました」

ホテルマンが頭を下げ、すぐに踵を返した。

そのとき、石津はふと思った。熱い交わりで疲れ果てた香穂は、城島の車で高田馬場の写真スタジオに送り届けてもらうとも考えられる。あり得ないことではないだろう。

石津はレンタカーを降り、ホテルに駆け込んだ。エレベーターで地下駐車場に下りる。

広い地下駐車場の半分は、内外の高級車で埋まっていた。レクサスは四台置かれているが、三台は黒色だった。グレイのレクサスは一台だけだ。

その車はエレベーターホールのそばに駐められている。城島の車だろう。灰色のレクサスを覗き込んでいる五十絡みの男がいた。

城島の護衛役ではなさそうだ。『プリハ』の関係者なのか。中高年の信徒はいなかった気がする。何者なのだろうか。男の正体が知りたい。

石津は靴音を殺しながら、灰色のレクサスに近づいた。気配で、馬面の五十年配の男が腰を伸ばした。ばつ悪げだった。

「車上荒らしには見えないが……」

石津は話しかけた。

「いつかレクサスを買いたいと思ってたんで、ちょっと見せてもらってたんですよ」

「職務質問させてくれないか」

「おたく、刑事さんなの⁉」

「疑わしく思ってるんだったら、警察手帳を見せようか。そっちの運転免許証を先に見せてもらおうか」

「何も悪いことなんかしてません」

顔の長い男が身を翻して、壁伝いに横に走りはじめた。どうやら逃げる気らしい。

すぐに石津はコンクリートの床を蹴った。通路を突っ走り、車と車の間に走り入る。石津は怪しい男の後ろ襟を摑んで、引き倒した。相手は仰向けになった。

「手荒なことはやめてくれ。わたしは田端義彦という名で、五十三歳だ。上野にある探偵社の調査員なんだよ」

「少し強く引っ張りすぎた。悪かったな」

石津は、田端と名乗った男を摑み起こした。田端が少し顔をしかめ、衣服を軽くはたいた。

「一応、運転免許証と社員証を見せてほしいな」

石津は言った。

田端が指示に従う。石津は先に運転免許証をチェックした。口にしたことは、偽りではなかった。田端は『東日本リサーチ』という探偵社の調査員に間違いない。

「レクサスの所有者が誰なのか知ってるんでしょ？」

「知ってるが、おたくの質問に答える義務はないはずだ。質問に答えることによって、調査の依頼人を割り出されるかもしれないからな。わたしらには守秘義務があるんで、依頼人の名や調査内容を口外しちゃいけないんですよ」

「そのことは知ってる」

石津は言って、オーバーに呻いた。身を屈めて、向こう臑を摩る。

「どうしたんです？」

「急に蹴ったりして、どういうつもりなんだっ」

「えっ、何もしてないじゃないか⁉」

「いきなり蹴っただろうがっ。公務執行妨害で緊急逮捕する。手錠を掛けるから、両手を前に出せ！」

「汚いことをやるね。いい加減なことばかりやってるから、警察は市民に嫌われてるんだ」

「あんたを地検送りにすることはできる。こっちが急に蹴られたと担当検事に言えば、あんたの言い分はまず通らないだろう」

「やくざよりも悪質じゃないか」

「そう思うんだったら、こちらを刑事告訴しなさいよ。そうしたら、本人だけではなく、家族全員のことも地検は調べるだろうね」

「無実の人間を犯罪者に仕立てる気なのかっ。そんなことは絶対に赦(ゆる)されない！」

「誰もが清く正しく生きてるわけじゃないでしょ？　賭(か)け麻雀(マージャン)をやれば、それで法律を破ったことになる。あんたがツケで居酒屋で飲んでたら、店主に協力してもらって無銭飲食にすることもできるんだ」

「腐ってるよ、おたくは」

「冤罪(えんざい)はよくないと思ってるが、反則技を使わなければ、闇に葬られてしまう凶悪犯罪もある。田端さん、協力してもらえませんか。公務執行妨害で検挙すると言ったが、ただの威(おど)しだったんですよ」

「『魂の絆』の城島代表は何かとんでもない悪事を考えてるのか……」

「灰色のレクサスが城島の車だと口走るとこでしたね。城島の私生活を調査してくれと依頼してきたのは誰なのかな」

「それは口が裂けても言えない。他言してはいけないことなんだ。そう、そうなんだよ」

田端が自分に言い聞かせるように呟いた。

「依頼人の見当はついてるんですよ」

「えっ、そうなの⁉」

「『プリハ』の久松代表なんでしょ？」

「なあんだ、知ってたのか。だったら、頑なになることはないな」

「田端さん、捜査に協力してくださいよ。決して田端さんにご迷惑はかけませんので」

「本当に？」

「ええ」

「そういうことなら、喋っちゃいましょう。久松さんの彼女を寝盗った城島のことは好きじゃないんでね。はっきり言えば、ああいう小狡い奴は大っ嫌いなんだ」

「久松利紀の彼女というのは、氏家香穂のことでしょ？」

「そうです。金持ちの旦那と結婚したんだが、若いうちに未亡人になってしまった。生活には困らなくても、精神的には充実してなかったんだろうね。で、氏家香穂は、『プリハ』に入信して、代表の久松さんに悩みごとの相談をしてたようだな。二人が男女の関係になってから、香穂は『プリハ』を脱会した。久松さんは教団内で彼女とべたついたら、ほかの信者たちに示しがつかないと思ったんだろうな」

「それで、久松代表は目白にある香穂の家に通うようになったのか」

石津は言った。

「そういうことだろうね。久松さんと城島は、木本元教祖の側近同士だったんだ。二人は教団の運営を巡って意見がぶつかって、久松さんは『プリハ』の代表、城島は『魂の絆』のトップになった」

「そうですね」

「袂を分かったのは仕方ないことだと思うけど、城島は元教祖が捕まったら、急に木本のことを悪しざまに言うようになった。卑怯だし、見苦しいよ」

「城島優は自己保身を常に考えてるんで、元教祖を批判して自分は反省してると世間にアピールしたかったんだろうな」

「そうなんだと思う。城島は狂気に満ちた元教祖の独善的な考えには本当に従いていけないと思ってたんだろうが、いまも木本忠夫の教えを基本的には受け入れてるにちがいないよ。それだから、『魂の絆』の教団本部に元教祖の巨大なパネル写真を掲げて、信者たちに教義本を読ませてるんだろう。木本の録音音声も絶えず修行場に流してるんじゃないの？」

「氏家香穂は久松代表とつき合いながら、なんで城島とも深い仲になってしまったんだろうか」

「そのあたりのことはまだ調べ上げてないんだが、おそらく城島は彼女を騙す形で強引に関係を持ったんだろうね。強力な睡眠導入剤でも使って、資産のある未亡人を姦ってしまったんじゃないのかな」

田端が言った。

「香穂はそんな弱みにつけ込まれて、城島とホテルで会わざるを得なくなったのか。初めのうちは仕方なく城島に抱かれてたんだろうが、だんだん惹かれるようになったのかもしれないね。それで、香穂は男装して城島との密会場所に行くようになったようだな」

「警察はそこまで知ってたのか。さすがだな。城島は香穂をセックス相手にしてるだけではなく、スパイとして使ってたんでしょう」

「『プリハ』の動きを香穂に探らせて、逐一、報告させてるんだろうか。多分、城島は『プリハ』の弱みを摑んだら、一気にぶっ潰す気なんだろうな。それから、『幸せの泉』『継承者クラブ』も解散に追い込んで、自分が木本元教祖の正統な後継者なんだと言いだすつもりなんじゃないのか。現に三つの分派の信者たちを巧みに引き抜きはじめてるから、こっちの読みは大きく外れてないんじゃないかな」

「『魂の絆』の運営資金は潤沢なんだろうか。『プリハ』と較べると、教団本部は見劣りする。城島は氏家香穂の金を引っ張るつもりなんじゃないか。それから、何か非合法ビジネスで荒稼ぎしてるみたいなんですよ。城島は人目につかない場所で、経済やくざや悪玉ハッカーたちと密かに会ったりしてる。そいつらには尾行を撒かれて、まだどこの誰なのかはわかってないいんだけどね」

「そう」

会話が途切れた。

城島は経済やくざや悪玉ハッカーたちに大企業の不正や役員たちのスキャンダルの証拠を集めさせているのではないか。各界の名士の知られたくない秘密も調べさせているのかもしれない。そうした恐喝材料で、城島は教団運営費を調達しているのではないだろうか。

「『プリハ』の久松は好きな女性を城島に寝盗られたと知ったら、どっちも殺したくなるだろうな。そこまでやらなかったとしても、『魂の絆』は力ずくで壊滅させるだろうね」

「城島も久松代表に氏家香穂と男女の関係だと知られたら、強引な手段で『プリハ』をぶっ潰しそうだな」

「『プリハ』と『魂の絆』は、いずれ潰し合いをおっぱじめそうだな」

「そうなるかもしれないね」

「知ってることはすべて話しましたから、もういいでしょ？」

田端が問いかけてきた。

石津は無言でうなずいた。田端が片手を挙げ、足早に黒いカローラの運転席に乗り込んだ。今夜の調査は打ち切る気になったのではないか。

石津は田端の車がスロープを登りはじめてから、階段を使って一階ロビーに上がった。ホテルの外に出る。夜風はだいぶ冷たくなっていた。

石津はレンタカーの中に入った。

それから数十分後、ホテルの表玄関から男装した香穂が姿を見せた。幾分、疲れたように見える。幾度も快楽の海に溺れたせいか。

香穂は客待ち中のタクシーの後部座席に腰かけた。優美な坐り方だった。タクシーが滑るように走りはじめた。

石津はクラウンのエンジンを始動させた。車寄せを迂回して、レンタカーでタクシーを追尾していく。

予想通り、タクシーは高田馬場駅近くの雑居ビルの前で停止した。石津はタクシーの数十メートル後方にレンタカーを停めた。手早くクラウンのライトを消し、エンジンも切る。

タクシーを降りると、香穂は馴れた足取りで雑居ビルの中に入っていった。三階の『レインボー写真スタジオ』で着替えをするのだろう。

石津はレンタカーから出なかった。

二十分そこそこで、女っぽい服装に着替えた香穂が雑居ビルから現われた。水色のスーツケースを引っ張っている。

香穂は雑居ビルの前の車道に寄り、目でタクシーの空車を探しはじめた。待つほどもなくタクシーを拾って、すぐに乗り込んだ。

石津はクラウンのエンジンを唸らせた。しかし、すぐにはライトを点けなかった。石津は香穂を乗せたタクシーが動きだしてから、ライトを灯した。香穂はどこにも寄り道をせずに、まっすぐ帰宅する気なのだろう。

石津はそう思いながら、タクシーを追った。

やはり、タクシーはまた池袋方面に進んでいる。香穂は自宅の前でタクシーを捨てた。タクシーが遠のいたとき、暗がりから二人の男が飛び出してきた。どちらもアイスホッケー用のマスクで顔面を隠している。

「あなた方は？」

香穂がスーツケースの後ろに回り込んで、怯えた声で訊いた。二人組は無言で香穂の両側に回り込むと、ほぼ同時に彼女の腕を掴んだ。

香穂が全身を強張らせ、悲鳴をあげた。

石津はレンタカーの運転席から飛び出した。

「おまえら、何をしてるんだっ」

「知り合いの女性に飲みに行こうって誘ってるんだよ。見れば、わかるだろうが！」

二人組のひとりが答えた。

「アイスホッケー用のマスクを被って、ナンパする奴がいるかっ」

「別にいいだろうがよ」

「この二人は知らない方たちだと思います。わたしをどこかに連れ去るつもりなんでしょう。一一〇番していただけますでしょうか？」

香穂が石津に顔を向けてきた。

「その必要はありませんよ」

「どういうことなのでしょう？」

「こっちは刑事なんですよ」

石津は言った。二人組が顔を見合わせ、全速力で走りだした。

「あなたは、ここにいてくれないか」

石津は香穂に言って、二人組を追いかけはじめた。しかし、数百メートル先で見失ってしまった。

やむなく氏家宅の前まで駆け戻る。すると、香穂が頭を垂れた。

「救けていただいて、ありがとうございました。お礼申し上げます」

「警視庁の石津という者です。氏家香穂さんに間違いありませんね？」

「は、はい」

「久松利紀、城島優の両氏のことでいろいろうかがいたいんですよ。近くに車を駐めてありますので、その中で聞き込みをさせてください」

「そういうことでしたら、自宅でお話をさせてください」

「しかし、独り暮らしの女性宅に夜間に上がり込むのはちょっと……」

「わたしのほうは別にかまいません」

「そうですか。それでは十分程度、お邪魔させてもらいます」

石津は恐縮しながらも、遠慮はしなかった。

香穂がスーツケースを引きながら、自宅の門に足を向けた。石津は後に従った。

2

通されたのは広い居間だった。

三十畳ほどの広さだ。家具や調度品はシックだが、いかにも高そうだった。頭上のシャンデリアもシンプルなデザインだが、安物ではないだろう。

「どうぞお掛けになってください。ハーブティーは苦手でしょうか?」

モダンなリビングセットの横で、香穂が問いかけてきた。

「お気遣いなく。こちらは職務でお邪魔したのですから、お茶も結構です」

「それでは、あまりにも……」

「いいんです、いいんです」

石津は警察手帳を短く見せ、リビングソファに腰かけた。香穂が短くためらってから、石津の正面の長椅子に浅く坐る。

「早速、本題に入らせてもらいます。実は、九月十四日の深夜に四谷三丁目の裏通りで無灯火の車に撥ねられて死んだ防犯コンサルタントで犯罪ジャーナリストでもあった高瀬亮という警察学校の元教官の事件を担当してるんですよ」

「その方はテレビにも出演してましたよね、コメンテーターとして」

「ええ。被害者は恩師なんですよ、警察学校時代のね」

「そうなんですか」

「個人的なつき合いはありませんでしたが、正義感にあふれた被害者を密かに尊敬してたんですよ」

「そういうことでしたら、捜査に熱が入るでしょうね」

「ええ。被害者は二〇一八年の七月上旬に死刑になったマントラ解脱教の元教祖の遺骨が誰に引き取られるか、強い関心を寄せてたんですよ」

「遺族がご遺骨の引き取りを巡って対立しているので、まだお骨は東京拘置所に保管されているようですね」

「ええ、そのはずです。しかし、木本忠夫の遺骨は何者かに盗み出されたかもしれないんですよ」

「まさか⁉　そういう疑いがあるなんてマスコミには一切報じられてませんよ。デマなんでしょう」

「単なるデマではなさそうなんです。法務省の高官は木本の遺骨は東京拘置所にちゃんと保管してあると明言していますが、元教祖の骨箱が外に持ち出されたと疑える事柄があるんですよ」

石津は言って、香穂の顔を見た。特に表情に変化は見られない。ポーカーフェイスではないだろう。

「刑事さん、疑える事柄というのは？」

「木本が火葬されて三日後の夜、東京拘置所が一時間ほど停電になったんですよ。バックアップ用の発電機も使えなくなっていました」

「内部の者がご遺骨を盗み出したんでしょうか」

「そう考えてもいいでしょう。小野徹という刑務官が六本木で正体不明の三人組に車で連れ去られ、足立区内の廃工場で撲殺されました」

「その事件は記憶に新しいので……」

「憶(おぼ)えてるでしょうね」

「はい」

「殺された小野刑務官は夏ごろから急に金回りがよくなって、六本木のクラブに夜な夜な通ってたんですよ。お気に入りのホステスにだいぶ貢(みつ)いだようですが、小野の独身寮の部屋には八百万以上の現金がありました」

「そうなんですか」

「小野は二十八歳でしたんで、俸給はそれほど高くなかったでしょう。切り詰めても、一千万を貯めるのは容易ではないはずです。部屋に多額の現金があったことから推測すると、小野は何かダーティーなことをやって、臨時収入を得たんでしょう」

「その刑務官が木本教祖の骨箱を停電中に拘置所から持ち出したのではないか。刑事さんは、そう疑ってらっしゃるんですね？」

香穂が確かめた。

「その疑惑は濃い気がします。小野は大学生のころ、親類が経営してる電気工事会社でアルバイトをしてたんですよ。電気工事のことは学んでたでしょうから、停電させたり、防犯センサーを使えなくすることは可能だと思います」

「そうなんでしょうか」

「ほかにも疑わしい点があります。小野は行きつけの居酒屋に居合わせた客たち全員の勘定を払ったり、親しい先輩刑務官に奢るようになったんです。複数人の証言を得てますんで、そのことは事実でしょう」

「小野という方は誰かに木本教祖のご遺骨を盗んでほしいと頼まれ、その成功報酬として多額の現金を貰ったのでしょうか」

「そう推測できます。話を戻しますが、轢殺された高瀬元教官は小野をマークしてたんですよ。そのことは、防犯カメラの映像で確認できました」

「そうなんですか」

「まだ断定はできませんが、高瀬亮と小野徹を抹殺したいと考えていたのは同一人物なんでしょう。実行犯は別の者と思われますが、首謀者は同じでしょうね」

「その謎の人物が小野刑務官に木本教祖のお骨を盗み出してくれないかと頼んだんでしょうか」

「ええ、おそらく。『プリハ』の久松代表は木本の三女の瞳の自宅を訪ねたりしてるから、四女の聖美以外の遺族には頼りにされているんでしょ？『プリハ』は最大の後継団体ですんでね」

「そうだと思います」

「四女以外の遺族は、木本忠夫の遺骨を『プリハ』に託して神格化してほしいと考えてたんじゃないのかな」

「さあ、どうなのでしょうか」

「久松代表と親密な間柄のあなたが知らないわけないと思うがな」

「えっ⁉　わたし、久松さんのことは尊敬していますけど、男女の関係ではありません」

「久松利紀がこの家にこっそり通ってることはわかってるんですよ。それだけじゃない。あなたは高田馬場の『レインボー写真スタジオ』で男装して、城島の待つ池袋のホテルに行った。二人が甘やかな一刻(ひととき)を過ごしたのは一一〇五号室だった」

「あっ、あなたは同じエレベーターに乗り込んできた方ね。そうなんでしょ？」

「やっと思い出したか。こっちは十一階に設置されてる防犯カメラの映像も観(み)てるんですよ。ホテルの地下駐車場に置いてあった城島のグレイのレクサスも見てる。ここまで言えば、二人の男と同時進行でつき合ってることはもう隠せないでしょ？」

石津は相手を追い込んだ。

香穂は天井を仰(あお)ぎ、すぐに目を伏せた。頭の中で必死に言葉を探しているように映ったが、口は引き結んだままだった。

「城島代表のレクサスを覗き込んでる五十代の男がいたんですよ」

「久松さんの側近の信者だったんでしょうか」

「外れです。上野にある『東日本リサーチ』という探偵社の調査員でした。その男の氏名や年齢はわかっていますが、教えることは控えます。武士の情けってやつです」

「もしかしたら、わたしの素行調査の依頼人は久松さんなのかしら？」

「否定はしません。隠していても、いずれはわかることでしょうから」

「久松さんは、わたしが浮気をしてると疑いはじめてたんですね。そんな気配が一度だけうかがえたんですけど、その後は……」

「疑われてる様子はなかった？」

「はい。こんな言い訳は通用しないでしょうけど、わたし、久松さんと城島代表をなんとか仲直りさせたかったんですよ。かつて二人は木本忠夫の愛弟子として高い地位にいて、力を合せてマントラ解脱教を広めることに励んでたんです」

「城島を説得するうち、久松よりも好きになってしまったのかな。それとも、酔いが回ったときに体を奪われたんですか？」

「城島代表は女性を犯すような男性じゃありません。雰囲気で、なんとなく一線を越えてしまったのです。久松さんを裏切ることはよくないと自覚しながらも、城島代表に抱かれたんです。わたしにとっては、どちらも大事な男性なんですよ」

「欲張りだな」

「ええ、その通りですね」

「どっちが好きなのかな。城島に対する恋愛感情が強く、スパイとして『プリハ』の動きを『魂の絆』に流してたなんてことは？　二人に同じぐらい惚れてるんだったら、ダブルスパイを務めてたのかもしれないな」

石津は言った。

「わたし、どちらのスパイでもありません。双方の言い分を聞いて、以前のように『プリハ』と『魂の絆』が一つにまとまるべきだと進言しつづけてきたんです」

「だから、調査の依頼人はあなたと城島優がデキてるんじゃないかと疑心暗鬼を深めて探偵を雇う気になったんだろうな」

「二股はよくないと思っていたので、どちらかを早く選ばなければと焦ってたんです。だけど、なかなか決断がつきませんでした。わたしには、本当に二人とも必要でしたから」

「しかし、そうもいかないでしょうが？」

「そうですよね」

「調査員の報告を受けたら、『プリハ』の代表はショックだろうな。あなたを敵視してる城島優に寝盗られたわけだから。久松はあなたと城島に何か仕返しをする気になるかもしれませんよ」

「何かされても、仕方ないでしょうね」

「城島との関係がバレてしまったんだから、この際、どっちとも別れたほうがいいでしょう。そうすれば、久松代表の怒りも鎮まりそうだな」

「真剣に考えてみます」

「そうしたほうがいいね。それはそうと、久松利紀が小野刑務官を抱き込んで、木本忠夫の遺骨を持ち出させたとは考えられないだろうか。『プリハ』は栃木の壬生町の廃倉庫で精巧なセックスドールを製造して東南アジアにネット販売してるんで、小野を雇う金はあったはずなんだ」

「栃木で古着リサイクルのビジネスをして、教団の運営費を捻出してると久松さんは言ってましたけど……」

「廃倉庫には、等身大サイズのセックスドールが積み上げられてた。こっちにそれを見られたんで、久松はドールをコンテナトラックに積み込み、いかがわしい工場に火を放ったようだな。元ネットカフェの常連たちやドライバーと一緒に久松は行方をくらましたんだ」

「それで、スマホの電源がずっと切られてたのね」

「久松代表は、まだ栃木県内のどこかにいると思うんだが、思い当たる所は？」

「ありません。代表が自慢できないことで教団運営費を捻出してたとしても、教祖のお骨を小野刑務官に盗み出させたりしてないでしょう」

香穂がきっぱりと言った。

「そう考えるのはなぜなのかな」

「四女の聖美さん以外の遺族は教祖のお骨をいったん受け取って、いずれ『プリハ』に託す気でいるんです。久松さんは、三女の瞳さんに何度もそう言われたらしいんですよ」

「そうだとしたら、何も自分から刑務官を抱き込んで元教祖の遺骨を手に入れる必要はないわけだ」

「ええ、そうですね」

「『魂の絆』は木本の遺骨を欲しいんじゃないかな。故人を神格化すれば、信者数を増やせるでしょ？」

「だと思いますけど、城島さんは教祖のお骨は灰にして宇宙葬にするのがベストだと言っていました。そうすれば、四つの分派がいがみ合うこともないだろうと……」

「そう。城島があなたの資産を狙ってる節はありませんでしたか？」

「お金目当てに城島代表がわたしに近づいてきたとは、まったく感じられませんでした」

「裏ビジネスで、『魂の絆』は荒稼ぎしてるんだろうな」

「刑事さん、城島さんは側近たちに非合法ビジネスをやらせてるんですか？」

「ええ、おそらくね。城島は経済やくざや悪玉ハッカーなんかと密かに会ってるようなんですよ。大企業の不正や各界の有名人のスキャンダルを恐喝材料にして、多額の口止め料をせしめてるのかもしれないな」

「そんなことは……」

「考えられない？」

「ええ。信者たちは教団のお台所が苦しいことをよく知っているので、アルバイトで得たお金の半分ぐらいを浄財としてカンパしてるんです」

「それだけで、八百数十人の信者がいる『魂の絆』を運営できるだろうか。無理でしょ？」

「そう言われると……」

「城島は他人(ひと)には言えないような手段で汚れた金を貯め込んできたんじゃないのかな。そうだとすれば、刑務官の小野を抱き込んで木本の遺骨を東京拘置所から盗み出させ、その代わりに引き取り手のない死刑囚の骨壺を保管室に置かせたのかもしれないな」

「遺骨はすり替えられたのかもしれないってことですね？」

「そう。雑司ケ谷霊園の一隅に死刑囚たちの骨壺が安置されてるんだが、そのうちの一個が盗まれてたことがわかったんだ」

「そうなんですか」

「法務省も東京拘置所も認めてないが、木本の遺骨が何者かに盗まれたことはまず間違いないだろう」

「わたし、そうは思いません。教祖のお骨はいまも東京拘置所に保管されてるんでしょう」

「きみがそう思っても、別にかまわないよ。『プリハ』と『魂の絆』が遺骨盗難事件に関わってないとしたら、『幸せの泉』や『継承者クラブ』を疑いたくなるが、どちらも信者数は多くない。刑務官を抱き込むだけの金銭的なゆとりはなさそうだな」

「四つの分派は、どこも教祖のお骨を盗んでいないと思います」

「そうなんだろうか。ご協力、ありがとうございました」

「いいえ、どういたしまして」

「そう遠くないうちに、あなたを巡って久松利紀と城島優は揉めることになりそうだな。騒ぎに巻き込まれたくなかったら、しばらく東京を離れたほうがいいね」

「わたし、逃げません。久松さんと城島さんの心を惑わせてしまったことを謝罪して、どちらとも別れます」

「すんなり二人と切れることができるだろうか。どちらかがあなたに未練があったら、ストーカーみたいに当分つきまといそうだな」

「そうなっても、わたしは逃げたりしません。誠実に謝罪して、わかってもらえるまで相手を説得しつづけます」

「あなたは美しいだけではなく、勁い女性なんですね。だから、男たちにモテるんだろうな。頑張ってください。失礼します」

石津はソファから立ち上がって、リビングルームから玄関ホールに出た。氏家宅を後にして、レンタカーに乗り込む。

石津は目を凝らして、暗がりを透かして見た。香穂を拉致しかけた二人組は、どこにも潜んでいなかった。

だが、まだ安心はできない。二人の不審者はふたたび出没して、今度は氏家邸に押し入り、香穂を連れ去るかもしれない。

二人組は『プリハ』の信者なのではないか。

石津は、そう見当をつけた。久松は田端という調査員から氏家香穂がよりによって城島とも通じていると教えられ、逆上したのか。そして、若い信者たちに美しい未亡人を拉致させようとしたのではないだろうか。場合によっては、久松は自分を虚仮にした香穂を自分の手で殺害する気なのかもしれない。

いま氏家宅を離れたら、後味が悪くなりそうだ。石津はレンタカーの中で、時間を遣り過ごした。

上着の内ポケットで刑事用携帯電話が着信したのは、二十数分後だった。

石津は手早くポリスモードを取り出した。発信者は尾崎参事官だった。

「『プリハ』の本部ビルに何者かがダイナマイトを投げ込んだんで、幹部信徒が三人爆殺された。重軽傷者の正確な数字は把握できていないらしいが、犯人グループは三人みたいなんだ」

「爆破されたのは、いつなんです？」

「二十数分前なんだ。ダイナマイトで本部ビルを半壊させた後、犯人たちは農薬散布用のラジコン・ヘリコプターから釘と毒物の入ったビニール袋を上空から落としたらしいんだよ」

「釘がビニール袋を突き破って、中の毒物が飛散したんですね？」

「そうなんだ。猛毒ガスが拡散して、修行場にいた信者たちが次々に倒れたそうだよ。そっちの被害者の数も、まだ正確には摑んでないという話だったな」

「そうですか。マントラ解脱教は、かつて毒ガスを使った無差別テロ事件を引き起こしました」

「そうだったね。木本に帰依してた奴の仕業臭いな。『プリハ』の本部ビルから三百メートルほど離れた裏通りに、『魂の絆』名義のワンボックスカーが放置されてたんだ。犯人たちは、そのワンボックスカーを〝足〟にしたんじゃないのか」

「そのワンボックスカーの盗難届は出されてないんでしょうか？」

石津は訊いた。

「現在のところ、まだ盗難届は出されてないそうだよ。『魂の絆』の城島代表が『プリハ』にダメージを与えて、解散に追い込む気になったんだろうか。『プリハ』が解体することになれば、城島が率いる団体が最大の後継者組織になるからね」

「そうですが、事件現場から三百メートルあまり離れた裏道に『魂の絆』名義のワンボックスカーが放置されてるなんて、作為的でしょ？　いかにも偽装工作臭いな」

「確かにね。『幸せの泉』か『継承者クラブ』が城島一派の犯行(ヤマ)に見せかけて久松の教団を潰しにかかったのかもしれないな。あるいは二つの弱小分派が手を組んで、『プリハ』と『魂の絆』をぶっ潰す気になったのか。久松一派と城島一派を空中分解させて、所帯の小さな二つの分派は自分たちの信者も増やそうと企(たくら)んでるのかもしれないぞ」

「『幸せの泉』と『継承者クラブ』は、捨て身の勝負を打てますかね。まだ両派とも『プリハ』や『魂の絆』に挑むまでの力はつけてないでしょ？」

「まあ、そうだろうな。『魂の絆』名義のワンボックスカーは犯行直前に盗(ギ)られたんで、まだ盗難届が出されていないと見るべきなんだろうか」

「こっちは、そう筋を読んでます」

「そうか。それはそうと、氏家香穂の動きから何かわかったのかな？」

尾崎が問いかけてきた。石津はポリスモードを握り直し、経過をつぶさに伝えはじめた。

3

事件現場には近づけなかった。

『プリハ』の本部ビルの五十メートルほど手前に、黄色い規制線テープが張られていた。

規制線の際には、ＮＨＫや民放テレビ局のクルーたちが集まっている。

　石津は野次馬の中にいた。

　氏家香穂から聞き込みをした翌日の午前十時過ぎだ。石津は日付が変わるまで、香穂の自宅前から動かなかった。だが、香穂を拉致しかけた二人組は姿を見せなかった。石津は自宅に戻り、ベッドに潜り込んだ。

　目覚めたのは午前六時前だった。石津はテレビの前に坐り、前夜の事件報道で情報を収集した。

　『プリハ』の幹部信者が結局六人も爆死し、若い修行者がコンクリートの破片の下敷きになって三人の男女が圧死した。死者は合わせて九人にのぼる。

　猛毒ガスを吸って救急病院に担ぎ込まれた重軽傷者は三十一人らしい。そのうちの八人は深い裂傷や重い打撲を負い、生死の境をさまよっているようだ。

　教団本部から三百メートルほど離れた裏通りに放置されていた『魂の絆』名義のワンボックスカーは、初動捜査で事件の直前に何者かに盗まれた物と判明した。『プリハ』の教団本部を爆破した犯人グループは、『魂の絆』の仕業と思わせたかったのだろう。

　いったい誰が城島たちの教団に濡衣を着せようとしたのか。

　『幸せの泉』と『継承者クラブ』が共謀して『プリハ』と『魂の絆』の対立を煽り、潰し合いをさせようとしているのだろうか。そして、自分たちが漁夫の利を得ようと画策したのか。

尾崎参事官も前夜の電話で、それも考えられるのではないかと言っていた。しかし、石津は参事官の筋読みにはうなずけなかった。

仮に『幸せの泉』と『継承者』が一つに結束することを考えていたとしても、信者数は千人そこそこだろう。どちらの分派の代表も、木本教祖に目をかけられていたが、側近中の側近ではなかった。

従って『プリハ』の久松代表や『魂の絆』の城島代表ほどの求心力はないだろう。久松や城島に矢を向けたら、自滅の途(みち)をたどることになる恐れもある。そのような分別のない行動に走るとは思えなかった。

木本忠夫の教えを全否定していたカルト教団は少なくない。アンチ派がつるんで、木本の弟子たちを壊滅させたがっているのだろうか。しかし、どのカルト教団も組織も経済力もそれほど強大ではない。

マントラ解脱教の残党狩りなどできないのではないか。とうてい無理だろう。

公安警察は目的達成のためなら、かなり汚ない手を使う。本庁公安部が『プリハ』と『魂の絆』をぶつけさせ、マントラ解脱教の残党たちを一掃する気でいるのか。まるっきりリアリティーのない推測ではないだろうが、警察関係者がそこまで堕落しているとは考えたくない。

石津は胸中で呟いた。

ちょうどそのとき、誰かに肩を叩かれた。石津は振り向いた。すぐ近くに公安調査庁の椿原竜生が立っていた。

「どうも！　椿原さんじゃないですか」

「マントラ解脱教の残党どもが武装闘争をはじめたようだね」

「そうなんでしょうか」

石津は控え目に言った。

「異論がありそうだね。でも、わたしはそう睨んでるんだ」

「何か裏付けがあるんですか？」

「ここは人の耳があるから……」

椿原が小声で言って、人垣を掻き分けはじめた。石津は椿原に倣った。

二人は野次馬や報道関係者のいない場所まで歩き、道端で向かい合った。

「昨夜の事件で、『プリハ』の側に九人の死者が出た。重軽傷者は三十一人だが、そのうちの何人かは亡くなるだろう」

「そうなるかもしれませんね」

「そちらがどこまで事件のことを把握しているのかわからないが、『プリハ』の本部ビルから三百メートルぐらい離れた裏道に『魂の絆』名義のワンボックスカーが放置されていた」

　椿原が言った。

「そのことは知っています。しかし、そのワンボックスカーは事件直前に何者かに盗まれたと初動捜査でわかったはずですよ」

「『魂の絆』の城島代表は警察や報道関係者にそう語り、所轄署にワンボックスカーの盗難届を出したようだね。しかし、城島は昔から二枚舌を使ってきた。実際、いろいろ虚言を重ねて、自己弁護を繰り返してきたじゃないか」

「ええ、まあ」

「城島は嘘つき野郎だから、あいつの言葉を鵜呑みにしてはいけない。あの男は木本が捕まったとき、自分が最大継承団体を半ば永久的に任せられたと思っていたんだろう」

「そうでしょうね。ところが、久松が『プリハ』の二代目の代表になりました」

「元教祖の妻や三女は城島よりも久松のほうを信頼してたんで、番狂わせになったんだろう。城島は久松が代表になったことが面白くなくて、独立して『魂の絆』の代表になったんだ』

「その流れは知っています」

「おっと、失敬！　城島は木本忠夫の一番弟子だったという自負があるから、ナンバーワンじゃなきゃ気が済まないんだろう。それで、『プリハ』も力でぶっ潰す気になったのかもしれないな」

「そうなんでしょうか」

石津は遠くに視線を放った。

「わたしの筋の読み方はおかしいかな？」

「『プリハ』の本部ビルから少し離れた裏通りに『魂の絆』名義のワンボックスカーが放置されていたのは、いかにもわざとらしいでしょう？　小細工と考えるべきだと思いますよ」

「さっき言ったように、城島は疑惑の目を逸らす目的でワンボックスカーは事件前に盗まれたんだと言ったんだろう」

「椿原さんの筋読みにケチをつける気はありませんが、『魂の絆』の犯行だとしたら、ワンボックスカーを放置したままで実行犯が逃げるはずないでしょ？　わざわざ自分らが爆破事件の加害者と教えてるようなものですからね」

「実行犯の信者たちは犯罪のプロじゃないんで。逃走することで頭が一杯だったんじゃないんだろうか。ワンボックスカーで逃げるつもりだったんだろうが、付近の住民に何人かが顔を見られてしまったんじゃないのか。それだから、実行犯たちは焦って散り散りに事件現場から遠ざかったにちがいない」

「そうなのかな」

「城島にとって、久松は宿敵なんだよ。相手をぶっ潰さないと、逆にいつか自分がやっつけられる。そうした強迫観念に取り憑かれたんで、城島は一気に『プリハ』を弱体化しようとしたんだろうな」

「そうなんでしょうか」

「わたしは職務で、数多くのカルト教団の調査の現場を踏んできた」

椿原が誇らしげに言った。

「でしょうね」

「どのカルト教団の代表も案外、女々しい男が多いんだよ。お山の大将でいたいくせに、あまり他人を信じてないから、本当に信者たちに支持されてるか自信がない。だから、手強いライバルは力で捩伏せようとする。城島には、久松が最も邪魔な人間なはずだよ」

「その久松代表の居所がきのうから不明みたいですね」

石津は壬生町のセックスドール製造工場から『プリハ』の代表が逃げたことは喋らなかった。刑事の習性だった。

「『プリハ』は四年ぐらい前まで栃木県塩谷町の西荒川ダムの近くでチョウザメの養殖をやってて、魚肉とキャビアを契約食堂やレストランに納めてたんだよ。七、八年前にオープンした当初は地元のテレビや地方紙で取り上げられて、結構儲けたようだな。しかし、だんだん売上はダウンするようになった」

「なぜなんでしょう?」

「目玉商品の国産キャビアは、どうも味が外国産よりも薄いらしいんだよ。ねっとりとした濃厚さが足りないから、安くても次第に売れなくなったんだろうね」

「そうなのかな」

「その養殖場は倒産した会社の保養所だった。部屋数は二十室以上あるようだ。久松代表は『プリハ』の本部ビルにいたら、城島に雇われた腕っこきの狙撃者に撃ち殺されるかもしれないと考えて、潰したチョウザメの養殖場にしばらく潜伏する気になったんじゃないのかな。そこなら、雨露は凌げるだろうからね」

「ええ、それはね」

「久松は身を隠しながらも、報復の指示を側近たちに与えてるんだろう。『魂の絆』の教団本部の周りにガソリンか灯油を撒いて、城島代表と側近たちを建物ごと焼き殺す気かもしれないな。それとも、手製のロケット弾を教団本部に撃ち込むつもりなのか」

「ロケット弾を⁉」

「そう。マントラ解脱教は毒ガスの製造だけではなく、狙撃銃や自動小銃も密造してたんだ。それから、ロシアから大量に銃器や化学兵器を密かに手に入れてた」

「そういう物騒な物は、木本忠夫が逮捕されたときにすべて押収されたでしょう?」

「いや、警察が強行突入する前日に一部が別の場所に運ばれた疑いがあるんだよ。警視庁の公安部から聞いた情報だから、ほぼ間違いはないだろう。『プリハ』と『魂の絆』は死闘を繰り返して、共倒れになるかもしれないな。二つの分派が解散すれば、世間の目はマントラ解脱教の残党たちに厳しくなるんじゃないか。『幸せの泉』と『継承者クラブ』は自然解体するだろうね。そうなれば、治安はよくなるだろうな」

「ええ、多分ね」

「しかし、カルト教団を侮ってはいけない。彼らは偏った宗教観に染まってるが、本気で社会をよくしたいと願ってる節もあるからね」

「特定の思想や宗教に傾く人間は、自分を客観視することができないんでしょう。融通が利かない真面目人間が多いんで、自然と思い込みが強くなってしまう。指導者がおかしな指示をしても、批判する気になれないんだろうな」

「死刑を執行された木本忠夫は、信者たちにとんでもない教えを説いた。人を殺しても、正義の道に引き戻されると教えた。殺人を含めた凶悪犯罪はある意味で善行だとも言い切った」

「インテリ信者たちがそれに疑問を持たなかったのは、薬物などでマインドコントロールされてたからなんでしょう」

「そうなんだろうね。木本は人間を殺害することによって、被害者も加害者も来世では幸せになれると説きつづけてた。学業に秀でた知識層が木本の教義をストレートに受け容れたことがいまだに信じられない気がするが、それは事実だったんだ」

椿原が首を横に振り、深い吐息を洩らした。

「知的な信者たちが木本の超能力はインチキだったとどうして見抜けなかったんですかね。それが不思議です」

「信者の大半は頭でっかちの子供だったんだろうな。木本には、超人的な能力など一つも備わってなかった。そんなことも看破できないなんて、日本の将来が不安になってくるよ」

「カルト教団は昔から存在してて、その時代の枠から食み出した仏教、キリスト教、イスラム教も、当初はそうでした。それぞれの教祖が亡くなったりすると、多くのカルト教団はいったん消滅しますでしょ?」

「そうだね。しかし、そのうち急にカルト教団は復活したりする。それだから、公安調査庁は絶対に必要なんだよ。もし公調を解体などしたら、この国は怪しげなカルト教団だらけになってしまうだろうな。そうなったら、この日本は滅びるかもしれない。それを未然に防ぐには、公調の年予算を二倍ぐらいに増やしてもいいんではないか。我田引水めいてるが、カルト教団は実に危険だよ」

「椿原さん、いろいろ教えていただいて、ありがとうございました」

石津は謝意を表し、公安調査官に背を向けた。借りたクラウンは、近くの裏通りに駐めてあった。

石津は、その場所に急いだ。

二分そこそこで、レンタカーに達した。石津はクラウンの運転席に乗り込んだ。

その直後、尾崎参事官から電話がかかってきた。

「『魂の絆』の城島代表が教団本部に報道関係者を招き入れ、さきほど緊急記者会見を開いた。教団名義のワンボックスカーは本当に盗まれたと心外そうにくどくどと言ったそうだよ」

「自分たちが『プリハ』の本部ビルを爆発したのではないかと世間から見られてるように感じたんで、城島は改めて潔白であることを明言したくなったんでしょう」

「そうなんだろうな。わたしも城島の教団を怪しんだが、どうもワンボックスカーは爆破事件が起こる前に本当に何者かに盗まれたようなんだ」

「ええ、多分ね」

「城島は記者会見の席で、今回の事件は『プリハ』の狂言ではないかと匂わせたらしいんだ。自作自演臭いと発言したそうだよ。石津君、どう思う？」

「『プリハ』の幹部が六人も爆死してるんです。ほかに三名の信者が圧死させられ、たくさんの重軽傷者が出ました。そんな大きな犠牲を払って、芝居を打つとは思えません。『プリハ』の狂言ではない気がします」

「記者たちからも、同じ疑問が上がったそうだよ。その質問に対して、城島はそこまでやらないと狂言と見破られるでしょうと答えたようなんだ。それに爆死した六人は幹部ではあるが、久松代表の側近といえるほど地位は高くないんだと城島は切り返したそうだよ」

「城島は久松を敵視してるので、そういう発想になるんでしょうが、偽装工作だとしたら、お粗末でしょう？」

「確かに細工は稚拙だね」

「それ以前に犠牲が大きすぎます。久松が城島の存在を疎しく感じていたとしても、仲間たちの命を粗末にするとは考えにくいですよ。城島は被害妄想気味なんだと思います」

「うん、そうなんだろうな」

「参事官、いま『プリハ』の本部ビルの近くにいるんですが、野次馬に混じって公安調査庁の椿原部長がいたんですよ」

「公安調査官たちには逮捕権は与えられてないが、カルト教団の残党たちの動きが気になって仕方ないんだろうな」

「ええ、そうなんでしょう。椿原さんから、役に立ちそうな情報を得られました」

石津はそう前置きして、詳しいことを喋った。

「久松は等身大サイズのセックスドールを製造・販売してる元ネットカフェの常連たちとドライバーを連れて、そのチョウザメ養殖場に移ったのかもしれないな」

「考えられますね」

「久松が爆破事件の首謀者は城島だと早合点したら、今度は『魂の絆』に多くの死傷者が出そうだな。『プリハ』の代表がそこにいるという保証はないが、元チョウザメの養殖場に行ってみてくれないか。久松から何か大きな手がかりを得られるかもしれない」

「これから、栃木の塩谷町に向かいます」

「石津君、気をつけてな」

尾崎が先に電話を切った。

石津はポリスモードを懐に収めると、すぐレンタカーを発進させた。最短コースをたどって、日光街道に乗り入れる。クラウンはひた走りに北上し、やがて日光北街道をたどりはじめた。

玉生(たまにゅう)交差点から藤原宇都宮線(ふじわらうつのみや)を道なりに進むと、左手に西荒川ダムが見えてきた。民家は疎ら(まば)で、山村と畑が連な(つら)っている。ダムを通過すると、右側にやや広い林道があった。石津はクラウンを林道に乗り入れ、低速で進んだ。

百数十メートル先にペンキの剝(は)げかけた袖看板が見えた。チョウザメの養殖場と記(しる)してある。その横に元保養所の建物が見えた。二階建てで、割に大きい。

石津はクラウンを林道の端に寄せた。養殖場の数十メートル手前だった。石津は静かに車を降り、中腰で前進した。

元保養所には石の門柱があるだけで、塀も生垣もなかった。石津はしゃがみ、足許の小石を五つ拾った。

小石を元保養所の敷地に一個ずつ投げ入れる。警報アラームは鳴らなかった。防犯スクリーンは張り巡らされていないようだ。

石津は姿勢を低くして、元保養所内に忍び込んだ。

左手の養殖池には雨水が十センチほど溜まり、病葉が浮いている。

石津は二階建ての元保養所に接近した。築二十年は経っていそうだが、造りはしっかりしていた。

石津は窓を一つずつ覗き込んだ。一階の大食堂の床に何体かのセックスドールが無造作に置いてある。かつてネットカフェを塒にしていた男たちが手分けして、セックスドールの梱包に励んでいた。

石津は建物に沿って歩き、すべての窓から工場内を覗き込んだ。久松とドライバー役の男は、どの部屋にもいなかった。

二階にいるのだろうか。石津は太い樹木に登って、二階の様子をうかがう気になった。

頭上を仰いでいると、生ごみの袋を提げた二十代前半の男が台所から現われた。

石津はショルダーホルスターからシグ・ザウエルP230Jを引き抜くなり、男に駆け寄った。

「騒ぎたてたら、頭を撃ち抜くぞ」

「わ、わかりました」

「久松利紀は二階にいるのか？」

「いいえ、ここにはいません。今朝(けさ)早くドライバーの富沢(とみざわ)さんが運転する車で、久松さんは東京に帰りました」

　男が答えた。

　石津は銃口を相手の側頭部に突きつけた。まだ安全装置を外して、撃鉄(ハンマー)も起こしていない。暴発する心配はなかった。

「いまの話は本当だなっ」

「は、はい。もしかしたら、あなたは『魂の絆』が放った殺し屋(プロ)なんですか？」

「なぜ、そう思った？」

「富沢さん、『プリハ』の本部ビルが『魂の絆』に爆破されて三十人以上の死傷者が出たんで、必ず報復してやるんだと息巻いてたんで……」

「おれは殺し屋なんかじゃない。別に久松代表に危害を加える気はないんだ。きみらアルバイターをどうこうするつもりはないよ。だから、おれがいなくなるまで大声を出すな。わかったな」

「はい」

男が幼児のように答えた。

石津は拳銃をホルスターに戻し、男に当て身をくれた。男が唸(うな)りながら、ゆっくりと頽(くずお)れる。追ってはこられないだろう。

石津は林道まで走った。

レンタカーに足を向けて間もなく、右耳を銃弾の衝撃波が掠(かす)めた。銃声は聞こえなかった。消音型の狙撃銃から銃弾は放たれたようだ。そうではなく、サイレンサーが一体化した特殊ピストルで狙われたのかもしれない。

石津は撃たれた振りをして、林道に倒れ込んだ。

止(とど)めの二弾目を躱(かわ)せるかどうか不安もあったが、かすかな硝煙と小さな銃口炎(マズル・フラッシュ)で、狙撃者の位置はわかるだろう。そうすれば、反撃も可能になる。

石津は息を詰めて、身じろぎ一つしなかった。

二弾目はどこからも飛んでこない。狙撃者は一発で標的を仕留(しと)めたと思ったようだ。いったい誰が刺客を放ったのか。『プリハ』や『魂の絆』が自分の命を奪う気になるとは考えにくい。

二つの分派に潰し合いをさせた仕掛人が、どうやら刑事をうるさく感じはじめたらしい。顔の見えない悪党が、高瀬亮と小野徹の口を塞(ふさ)いだのではないか。

石津はそう推測しながら、少しずつ体を動かした。

何事も起こらなかった。山林をくまなく捜しても、狙撃者はどこにもいないだろう。とうに発砲場所は離れたにちがいない。

石津は東京に舞い戻ることにした。クラウンに乗り込み、すぐに発進させる。

4

世田谷区代田にある『魂の絆』の本部は静まり返っていた。石津はレンタカーを降りた。丁字路の真っ正面に、教団本部が建っている。

石津は大股で教団本部に近づき、左右を見た。『プリハ』の信者と思われる人影はどこにも見当たらない。

『プリハ』の久松代表が城島に何らかの報復をするのではないかと筋を読んだのだが、外れたのか。

『魂の絆』は爆破事件に関与しているのではないかという疑いを久松代表に持たれたと察し、仕返しを恐れて信者たちと一緒にしばらく身を隠す気になったのだろうか。そうなのかもしれない。

城島に逃げられたことを知った久松は氏家香穂を囮にして、『魂の絆』の代表をどこかに誘き出す気になったのか。そうだとしたら、久松は香穂の自宅に押し入って、彼女の自由を奪ったとも考えられる。

石津は氏家宅に行ってみる気になった。

『魂の絆』の本部を離れたとき、背後で車の停止音がした。石津は体ごと振り向いた。教団本部に横づけされた灰色のエルグランドの運転席側のドアが押し開けられ、四十八、九歳の男が降り立った。連れはいない。

男は教団本部のインターフォンを連続的に鳴らした。だが、なんの応答もなかった。

「『幸せの泉』の曽我和樹です。城島さん、居留守を使ってるんでしょ？　あんたに直に確かめたいことがあるんだ。中に入れてくださいよ」

「…………」

「あんたが木本教祖の遺骨をこっそり手に入れたという噂が耳に入ってきたんだが、それは本当なんですか？　いったいどうやって手に入れたんですっ」

「…………」

スピーカーは沈黙したままだ。

男は『幸せの泉』の曽我代表だろう。口髭を生やしているが、それほど貫禄はない。中肉中背で、長袖のシャツの上に黒っぽいパーカを羽織っている。下はジーンズだった。

曽我が門柱を蹴って、あたりを見回した。

とっさに石津は物陰に隠れた。夕闇が拡がりはじめていた。まさか曽我は教団本部に手榴弾の類を投げ込んだりはしないだろう。

石津は、曽我から目を離さなかった。

曽我は人目がないことを確かめて『魂の絆』の石塀を乗り越えた。建物の中に城島が隠れているか確認する気になったようだ。

曽我を家宅侵入罪で現行犯逮捕できるが、そうする気はなかった。さきほど『幸せの泉』の代表は、城島が木本忠夫の遺骨を手に入れた噂があると喋っていた。

その噂通りなら、城島が刑務官の小野徹も抱き込んで木本の遺骨を東京拘置所から盗み出させた疑いがある。さらに、防犯コンサルタントで犯罪ジャーナリストの高瀬亮を誰かに車で轢き殺させた可能性も否定できなくなるわけだ。

石津は頭が混乱しそうだった。

噂が事実なら、当然、木本忠夫の遺骨を神格化するだろう。そうすることによって、『プリハ』をはじめ『幸せの泉』『継承者クラブ』の三派を弱体化させられるのではないか。

『魂の絆』は何も『プリハ』の本部ビルを爆破して、たくさんの死傷者を出すような凶行に及ぶ必要はないわけだ。冷静に判断すれば、やはり『魂の絆』は何者かに濡衣を着せられそうになったのだろう。

それはそれとして、曽我代表が口走ったことが気になる。石津は教団本部に歩み寄った。あたりに人の姿は見当たらない。石津は曽我と同じように、『魂の絆』の本部の石塀を跨いで教団の敷地内に入った。違法捜査になるが、やむを得ないだろう。

曽我はどこにも見当たらない。建物の中に忍び込んだのだろう。

石津は建物の脇に回り込んだ。

すると、シャッターが半分ほど押し上げられた箇所があった。サッシ戸のガラスが割られている。

破損しているのは内錠の周辺だった。曽我の侵入口だろう。警察官たちは、侵入口を〝入り〟と称している。逃走口は〝出〟だ。

石津は一瞬、建物の中に入りたい衝動に駆られた。

噂が正しければ、教団本部のどこかに木本忠夫の遺骨があるだろう。また、城島が経済やくざや悪玉ハッカーたちを使って恐喝を重ねている証拠も見つかるかもしれない。汚れた金が隠されているとも考えられる。

しかし、部屋数は少なくないようだ。建物の中で曽我と擦れ違わないとも限らない。家屋の中に入ることは得策ではないだろう。

石津は外壁にへばりついて、曽我が侵入口から出てくるのを待った。

二十分ほど経過すると、サッシ戸が横に大きく払われた。丸めたパーカを胸に抱えた曽我がシャッターの下から出てきた。

　石津は腰の位置を下げ、肩口で曽我を弾いた。

　曽我が横転した。弾みで札束とボイスレコーダーが零れ落ちた。

「な、何するんだよっ」

　曽我が肘を使って、半身を起こした。

「警視庁の者だ」

「えっ⁉」

「家宅侵入罪と窃盗のダブルで緊急逮捕できるな」

「わ、わたしは『魂の絆』の城島代表に頼まれて、必要な物を取りに来たんだ」

「それが本当なら、石塀を乗り越えなくてもいいはずだ。シャッターを半分押し上げて、ガラスを割る必要もないだろうが。え？」

「預かったスペアキーをなくしてしまったんだよ」

「しぶといな」

「あんた、本当に刑事なのか？　捜索令状がなかったら、あんたこそ違法捜査をしたことになるじゃないか」

「緊急時には、捜索令状がなくても別に問題ないんだよ。本部庁舎の二階と三階にある留置場は清潔だぜ。身柄を東京地検に送られるまで、よく眠れるだろう」

石津は警察手帳を懐から摑み出し、曽我に顔写真付きの身分証明書を見せた。

「ほ、本物だったのか」

「そっちが教団本部に侵入したことを認めない気なら、手錠を打つことになるぞ」

「逮捕されるのは困るよ」

「だったら、捜査に全面協力してくれ」

「それで、無罪放免にしてもらえるのか？」

曽我が上目遣いに石津を見た。石津は小さくうなずき、警察手帳を所定のポケットに戻した。

「そうしてくれるんだったら、協力するよ。官憲と蛇は大っ嫌いだが、そうも言ってられないからな」

「別に協力してくれなくても、こっちは困らない。手錠掛けようか」

「ごめん！　悪かったよ。協力するよ。いや、協力します。おたく、どんな事件を担当してるの？」

「九月十四日の深夜、四谷三丁目の裏通りで無灯火の車に撥ねられて死んだ高瀬亮の事件捜査に携わってる。事件の被害者は警察学校の元教官で、防犯コンサルタント兼犯罪ジャーナリストだった」

「その事件のことなら、知ってるよ」

「だろうな。高瀬さんは、木本忠夫の遺骨が誰の手に渡るのか関心を持ってたんだ」

「そうなのか。教祖の三女と四女のどちらも強く自分が父親の遺骨を引き取りたがってるんで、結局、東京拘置所に保管されることになったんだよ」

「そうらしいね。高瀬さんは小野徹という刑務官を調べてたんだ」

「その刑務官は先夜、六本木で拉致されてから足立区綾瀬の廃工場で撲殺されたんじゃなかった？」

「そうだ。拉致犯グループのリーダー格は『プリハ』の修行服を着てたんだが、それは偽装だったんだろう。偽信者が『プリハ』を陥れようとしたにちがいない」

「チャチな小細工をしたもんだな」

「『プリハ』と『魂の絆』は何年も前から対立してたんだろう？」

「そう。『プリハ』の久松代表は教祖が逮捕されても、教義を批判するようなことはしなかった。しかし、城島は教祖の考えは過激すぎたと公然と言うようになったんだよ。わたしたち弟子から見たら、城島はユダと同じだね。恥知らずの裏切り者だよ」

「そう思われても仕方ないだろう」

「立ち上がってもいいかな」

曽我が許可を求めてきた。

「上体を起こして、胡坐をかいてくれ」

「万札はともかく、教祖の録音肉声テープは持ち帰ってもいいだろう？　城島が持ってても、信者たちに聴かせる気はないだろうからな」

「盗品を持ち帰ってもいいとは言えないよ、こっちは現職警官なんだ」

「わかった。かっぱらった金と録音音声は後で家の中に戻しておくよ」

「そうしてくれ」

「城島はある時期、教祖に目をかけられてたんで図に乗りはじめたんだ。マントラ解脱教が解散すると、『プリハ』の初代代表になった。だが、教祖は獄中で久松さんを代表にしろと……」

「城島は木本忠夫に疎まれるようになったんで、『プリハ』の久松代表を目の仇にするようになったのか」

石津は言った。

「そう、そうなんだよ。城島は上昇志向の塊みたいな男だから、久松さんに負けたことが悔しくてならないんだろうな」

「で、分派を作らざるを得なかったわけか」

「城島は久松さんを憎んでたから、『プリハ』の本部ビルを信者たちに爆破させたんじゃないか」

曽我が言いながら、ボイスレコーダーを拾った。散らばった万札は乱暴に掻き集めて、パーカの中に落とした。

「『プリハ』の本部ビルから三百メートルほど離れた裏通りに『魂の絆』名義のワンボックスカーが放置されたことで、城島が疑われたようだが……」

「そうだろうね」

「城島は記者会見を開いて、自分らは爆破事件には関与してないとはっきりと言った。それに、犯行現場付近に教団のワンボックスカーを置き去りにするなんて作為的だ。爆破事件に関しては、おそらく城島はシロなんだろう」

「城島は事件直前に『魂の絆』のワンボックスカーは盗まれたと主張して盗難届も出したようだが、わたしは奴が幹部たちを唆して久松一派をぶっ潰そうとしたと思ってる」

「それよりも、インターフォン越しに喋ってたことが気になるな。城島が木本忠夫の遺骨を手に入れたんじゃないかと言ってたが、その根拠は？」

「物的証拠はないが、傍証はあるんだ。しかし、情報提供者に迷惑かけたくないからな」

「捜査に全面的に協力してくれないんだったら、やっぱり緊急逮捕することになるぞ。それでも、いいのかな」

「こんな外道捜査をしてもいいのかっ。おたくらは法の番人じゃないか」

「司法取引はなかったことにしてもらおう」

石津は言って、腰の手錠サックに触れた。

「わ、わかったよ。わたしの負けだ。『継承者クラブ』の西浦洋子代表から聞いた話なんだが、彼女と親交のあるマントラ解脱教の元在家出家者に城島優の代理人と称する男が公衆電話を使って、DNA鑑定付きの教祖の遺灰を買わないかと打診してきたらしいんだよ」

「遺骨ではなく、遺灰なのか？」

「電話の主は、はっきりと遺灰と言ったそうだよ。手に入れた教祖の遺骨をパウダー状にしてあって、耳掻き山盛りで百三十万、小匙すり切りで一千五百万だと言ったらしい」

「それが詐欺じゃないとしたら、木本忠夫の遺骨は東京拘置所から盗み出されたことになるな」

「城島が撲殺された小野という刑務官を金で釣って、教祖の遺骨を持ち出させたんじゃないのか。教祖の遺灰で金儲けをする気でいるなら、城島を始末してやる。そうすれば、あいつも来世では真人間になれるだろうし」

「まだ木本の魔法が解けてないのか。洗脳は恐ろしいな」

「わたしたちは洗脳なんかされてないっ。教祖の教えに従えば、必ず人間は救われると本気で信じてるから、多くの信者がいまだに……」

「その話は、平行線をたどるだけで交わることがないだろう。もうやめようや。スマホ、持ってるな？」

「持ってるが、どうしろと言うんだよ」

曽我が不安顔で訊いた。

「『継承者クラブ』の西浦代表に電話をしてくれないか」

「そんなことはできないっ」

「拒(こば)むんなら、桜田門ホテルに泊まっていただくことになるぞ」

「やくざ刑事(デカ)め！」

「早く電話をするんだっ」

石津は急(せ)かした。

曽我がパーカのポケットからスマートフォンを摑み出し、西浦洋子に連絡をする。事情を説明し終えた直後、石津は曽我の手からスマートフォンを奪った。耳に当てる。

「あなた、本当に警視庁の方なの？」

西浦洋子が確かめた。

「ええ、そうです。曽我さんにはちゃんと警察手帳を呈示しました。お疑いなら、本庁に問い合わせてください」

「そこまでする気はないわ。確かめただけよ。わたしが曽我代表に教えたことは事実です。教祖の遺灰を買わないかと打診されたのは五十七歳の女性実業家で、佐久間悠子(さくまゆうこ)さんとおっしゃるの。このスマホ、曽我さんの物でしょ？」

「そうです」

「それなら、佐久間さんにコールしてもらいますよ。わたしが喋るよりも、佐久間さんからダイレクトに聞き込みをされたほうがいいでしょ？」

「恐れ入りますが、そうしていただけますか」

石津は電話を切って、佐久間悠子からの連絡を待った。

女性実業家から曽我のスマートフォンにコールがあったのは、およそ五分後だった。

「警視庁の方ですね？」

「そうです。ご協力、ありがとうございます」

「わたしが『継承者クラブ』の西浦代表に話したことは本当のことなんですよ。八月の下旬に急に城島優の代理人と称する男から電話がかかってきて、教祖の遺灰を買わないかと言われたんですよ」

「それで、どうされたんです？」

「どうせ偽物の遺灰だろうと思ったんで、検討しておくと即答を避けたの。そうしたら、相手はDNA鑑定書付きで教祖の遺灰を譲るんで、安心してほしいと粘ったんですよ」

「そうですか」

「わたし、買いたいと思ったわ。だけど、偽物を買わされたら、癪じゃないの。だからね、在宅出家した方たち五人に電話したんですよ。全員に同じような電話があって、三人の方は小匙すり切りの遺灰をすぐに購入したらしいの」

「遺灰と代金の引き渡しはどんな方法が取られたんでしょう？」

「まだ十代の男の子が遺灰の代金を自宅に取りに来たそうよ。いわゆる受け子なんでしょうね。三人のうちの二人が本当に教祖の遺灰かどうか医療施設で検べてもらったんですって。その方たちは教祖の血液を二百万で譲り受けたんで、それと一緒に遺灰を持ち込んだらしいの」

「で、結果はどうだったんです？」

「二人とも教祖の遺灰に間違いないと言われたんですって。研究所のスタッフがマスコミや警察にリークしたら大変だから、どちらも鼻薬をきかせておいたと言ってらしたわ」

「口止め料を渡したのか」

「あなたにも、お小遣いを渡したほうがいいんでしょうね」

「大きな手がかりを提供してもらったから、遺灰を購入した方たちのことは誰にも喋りませんよ。一種の司法取引と考えてください」

「ありがたいわ。電話をかけてきた男は、本当に城島の代理人だったのかしら？　そうだとしたら、『魂の絆』の代表はとんでもない奴ね。教祖の遺灰を金儲けの材料にしたわけだもの。遺灰がすべて売れたら、十億、ううん、二十億にはなりそうだわ」

「誰かが城島優に罪をなすりつけようと細工をした疑いがありますね」

「えっ、誰がそんな悪巧みを……」

「そいつの顔がまだ透けてこないんですが、そう考えたほうが自然でしょう。役に立つ証言をありがとうございました」

石津は通話を切り上げ、スマートフォンを曽我に返した。

「城島を陥れようとしてる者がいるかもしれないって⁉ わたしは信じない。あの男は金の亡者になって、教祖の遺灰をできるだけ高く売ろうとしてるんだよ。そういう人間なんだ、奴はさ」

「『魂の絆』は地方にも支部があるのかな」

「山梨の北杜市の外れの茅ケ岳の麓に宿舎付きの修行施設がある。中央自動車道の韮崎ICから県道二十七号線を進めば、茅ケ岳の南麓に達するはずだよ」

「そう。かっぱらおうとした金と木本の肉声が録音されてるボイスレコーダーを侵入口から投げ込んでから、帰るんだぞ」

「ああ、わかってる。そうするよ」

曽我が気まずそうな表情になった。それほど疚しさは感じていないのではないか。

石津は『魂の絆』の石塀を乗り越えて、レンタカーに駆け寄った。クラウンで氏家宅に向かう。久松が香穂を人質に取って、城島を誘き出す可能性もゼロではない。

目的地に着いたのは、およそ四十分後だった。幹線道路はどこも混んでいた。

　氏家邸のインターフォンを鳴らすと、香穂が門扉(もんぴ)の前まで出てきた。

「久松さんがお宅にいませんか？」

「いいえ。久松さんには先に城島さんともつき合っていたことを詫びて、別れ話を切り出しました」

「久松さんの反応は？」

「探偵社の調査報告で、わたしが二股を掛けていたことは知ってたようです。失望と幻滅を感じたはずですけど、怒鳴(どな)ったりしませんでした」

「すんなり別れ話に応じてくれたんですか？」

「ええ」

「城島代表はどんな反応を見せました？」

「拍子(ひょうし)抜けするほど……」

「あっさりと別れてくれたんですね」

「はい。彼はわたしに恋愛感情があったわけじゃなく、久松さんに厭(いや)がらせをしたかっただけなのかもしれません。久松さんは必死に感情を圧(お)し殺してる様子でしたので、わたし、本当に罪深いことをしたと後悔してます」

「久松さんは氏家さんに未練があったんでしょうね」

「ええ、多分。でも、彼を裏切ってしまったわけですから、元の鞘(さや)に収まることはできません」

「そうでしょうね。これから、山梨に行かなければならないんですよ。失礼します」

石津は一礼して、クラウンに走り寄った。

5

後続のセレナハイウェイスターが気になった。

紺色の怪しい車は氏家宅の近くから、レンタカーと同じルートを走っている。尾行されているのではないか。

石津はそう感じ、中央自動車道に入る前に二度ほど借りているクラウンをガードレールに寄せた。

すると、セレナも後方の路肩に停められた。レンタカーを追い抜こうとしないのは妙だ。どうも怪しい。

石津は故意に車の速度を落とし、ルームミラーとドアミラーを見た。セレナのステアリングを握っている男は黒いニット帽を被り、サングラスで目許(めもと)を隠している。

石津はナンバープレートの数字を頭に刻み込み、ハイウェイを走った。少し前に相模湖(さがみこ)ICを通過したばかりだった。セレナは数台の車を挟みながら、クラウンを追尾してくる。

石津は車を藤野PA（ふじのパーキングエリア）に入れた。

レンタカーを広い駐車場に置き、トイレに走り入る。すぐに駐車場を見ると、問題のセレナは左端のパーキングスペースに納まっていた。ドライバーは運転席に坐ったままだった。

小便器の前には、五人の男が立っていた。

石津はごく自然に大便用のブースに入った。ポリスモードを使って、セレナのナンバー照会をする。わずか数分で、セレナの所有者はわかった。殺害された小野刑務官だった。死者が車を運転できるわけない。

小野の血縁者か、知り合いが石津の動きを探っているのだろう。撲殺された刑務官はあまり実家には顔を出していなかったようだ。消去法で考えると、セレナの運転者は親しくしていた友人や同僚がドライバーの可能性が高い。

小野は先輩刑務官の三宅雄大と仲がよかった。意地の悪い見方をすれば、三宅刑務官が『カサブランカ』の近くで自分に声をかけてきたのは少し不自然な気がする。捜査の進み具合を知りたかったのではないか。

そうだとしたら、三宅は小野が木本忠夫の遺骨盗難に関わっていると疑っていたのかもしれない。年下の刑務官が急に金回りがよくなったことを怪しみ、交友関係を調べたのではないか。そして、小野刑務官が遺骨持ち出しに協力したことで、多額の成功報酬を得たのを知ったのかもしれない。

そうなら、三宅は小野を脅して成功報酬をそっくり巻き揚げてもよさそうだ。単身者用官舎の小野の部屋には八百万円以上の大金が隠されていたらしい。そのことを考えると、三宅は小野の汚れた金は奪ってはないのだろう。

石津は便座カバーの上に腰かけ、なおも推測しつづけた。

三宅刑務官は親交の深かった小野を唆（そそのか）して、木本忠夫の遺骨のすり替えの片棒を担がせたのかもしれない。事件当夜、勤務についていなかったと三宅は言っていた。それが事実なら、二つの遺骨を実際にすり替えたのは小野徹だったのではないか。

これまでの捜査で、マントラ解脱教の残党たちが木本の遺骨の持ち出しを東京拘置所職員に依頼したという証言も物証もない。部外者が拘置所に単独で忍び込むことは無理だろう。

三宅刑務官は木本の遺骨を手に入れたがっていた謎の人物に抱き込まれて、仲のよかった小野に汚れ役を演じさせたのかもしれない。

推測が正しければ、三宅が『プリハ』の信者に化けた三人組に邪魔者になった小野を拉致させ、撲殺させた疑いもある。あるいは三宅を抱き込んだ黒幕が三人組を雇って、小野の口を塞（ふさ）がせたのだろうか。

三宅が小野を悪事に引きずり込んでも、多額の成功報酬を用意できるとは思えない。背後に首謀者がいることは、ほぼ間違いないだろう。

高瀬亮は小野刑務官をマークしているうちに、遺骨盗難事件の黒幕の存在を突き止めたのではないか。そのため、無灯火の車で轢き殺されてしまったのだろうか。

上着の内ポケットで、刑事用携帯電話（ポリスモード）が着信した。手早くポリスモードを摑み出す。発信者は尾崎参事官だった。

「公安部からの情報なんだが、三宅雄大刑務官がきのう付けで退官したらしいんだ」

「えっ⁉　辞めた理由は？」

「仲のよかった小野刑務官が殺されたんで、同じ職場で働くのは辛すぎるという理由で辞めたんだそうだよ。複数の上司がだいぶ引き留めたようなんだが、三宅の決意は変わらなかったみたいだね。しばらく充電したら、何か商売をする気らしいよ。まだ三十代前半なのに、事業資金はどうするんだろうか」

「おそらく三宅は後ろ暗いことに加担して、ダーティー・マネーを手に入れたんでしょう」

石津は三宅と思われる男に尾行されていることを話し、自分の推測も付け加えた。

「木本の遺骨を遺灰にしてマントラ解脱教の元在宅出家者たちに高額で売りつけ、がっぽり稼ごうとしてるのは三宅の後ろに控えてる人物なんだろうな。三宅をかわいがってる人間や血縁者がいるかどうか、わたしが調べてみるよ」

「お願いします。三宅を裏で動かした者は、マントラ解脱教の分派が木本忠夫の遺骨を神格化したがってると推察して、『プリハ』と『魂の絆』の確執を煽り、その隙に元教祖の遺骨を入手したんでしょう」

「そうなんだろうな。それで、遺灰を元在宅出家者や隠れ信者たちに売りつける気なんではないかね」

「ええ、多分。いま山梨にある『魂の絆』の修行施設に向かってるんですよ。『プリハ』の久松代表は惚れてた彼女を城島に寝盗られた挙句、本部ビルを爆破されたと思い込んでるようですから……」

「城島に何かしそうだな。『魂の絆』の城島は節操がない男だが、弟子たちに『プリハ』の本部ビルを爆破させてはいないようだから、報復の的にされるのは気の毒だな。石津君、二人の代表に利用されたことを教えてやってくれないか。これ以上、死傷者を増やしたくないからね。頼むぞ」

尾崎が電話を切った。

石津は男性用トイレを出ると、レンタカーに駆け寄った。サービスエリアから本線に乗り入れ、先を急ぐ。見覚えのあるセレナが追ってくる。車体は紺色だった。

石津のクラウンは韮崎ＩＣで一般道に下り、二十七号線を進んだ。二十数分走ると、茅ヶ岳の南麓に達した。目的の修行施設はホッチ峠のそばにあった。いつの間にか、怪しいセレナは見えなくなっていた。尾行を覚られたと感じ、側道に入ったようだ。

石津は林道の奥まで走り、レンタカーを道端に停止させた。車を降り、丘の斜面を登っていく。

丘の上にペンション風の二階家が見える。『魂の絆』の修行施設だった。周囲は自然林で、付近に建物はなかった。

いつしか暮色が濃くなっていた。石津は自然林に分け入り、修行施設の様子をうかがいはじめた。

十五、六分経ったとき、ポリスモードに着信があった。電話をかけてきたのは参事官の尾崎だった。

「驚くような事実がわかったよ。三宅雄大の母方の叔父が公安調査庁の椿原竜生だったんだ」

「えっ、そうだったんですか⁉」

「椿原は今年の十二月に退官予定だという。木本忠夫の遺灰を売り尽くしたら、甥の三宅と何か事業をやるつもりなんではないかね。二十数年前、木本と一緒にマントラ解脱教の信者たちが六百人ほど逮捕された。それからは、カルト教団はどこも〝暴走〟しなくなった。しかし、カルト教団はいつか復活することが少なくない。いたちごっこは虚しいよな」

「ええ、そうですね。そんなことで、椿原部長は公調を辞めて起業家に転身する気になったのでしょうか」

「多分、そうなんだろう。まだ物証は摑んでないが、椿原が一連の事件の首謀者臭いな。高瀬亮は小野徹が木本の遺骨を東京拘置所から盗み出し、三宅に渡した事実を摑んだ。小野は成功報酬として、二千万円前後受け取ったんだろう。もちろん、その金を用意したのは公調の椿原と思われる」

「ええ、そうなんでしょうね。椿原部長は高瀬さんに悪事を知られたので、自分で轢き殺したんだろうか。それとも、甥の三宅に高瀬さんを始末させ、小野は裏便利屋にでも始末させたんですかね」

「甥っ子に人殺しをさせるのは、さすがに抵抗があるんじゃないか。小野は犯罪のプロたちに殺らせたんだろうね。高瀬亮に関しては、椿原が自分の手で片づけたのかもしれないな」

「なぜ、そう思われたんです？」

「第三者に何件も代理殺人を依頼したら、その分だけ弱みを知られたことになるじゃないか」

「ええ、そうですね」

「応援要請が必要になったら、刑事部長付きの特任捜査官を出動させるよ」

「わかりました」

石津は、二つに畳んだポリスモードを懐に突っ込んだ。

そのすぐ後(あと)、ロケット・ランチャーを肩に担(かつ)いだ二人の男が自然林の中から急に現われた。どちらも『プリハ』の修行服を身に着けていた。修行者が『魂の絆』の修行施設にロケット弾を撃ち込む気なのだろう。

「ロケット・ランチャーを足許に置け！」

石津は拳銃を握り、林の中から躍(おど)り出た。

男たちは顔を見わせて、二手に分かれた。数十秒後、相前後して二発のロケット弾が放たれた。爆発音が轟き、建物のあちこちから炎が噴(ふ)き出した。

二人の男はロケット・ランチャーを担いだまま、自然林の中に逃げ込んだ。

石津は自然林の近くまで駆けたが、男たちの追跡を諦めた。ペンション風の建物から、『魂の絆』の信者たちが走り出てきたからだ。

石津はシグ・ザウエルＰ230Ｊをホルスターに戻し、逃げ惑う男女を安全な場所に誘導しはじめた。

それから間もなく、信者たちを突き飛ばして逃げてくる男がいた。なんと城島だった。『魂の絆』の代表は信徒たちを押しのけながら、自然林をめざしている。

そんな城島の行く手に立ちはだかったのは、『プリハ』の久松代表だった。久松は新聞紙でくるんだ刺身庖丁の刃を城島の頸動脈に当てた。

「うちの本部ビルを爆破させたのは、きさまだなっ」

「久松、違うんだ。誰かが『魂の絆』の犯行に見せかけて……」

「もう観念しろ！　正直にならないと、頸動脈を切断するぞ」

「嘘なんかついてない。久松こそ、傭兵崩れか誰かにこの施設にロケット弾を撃ち込ませたんじゃないのかっ」

　城島が詰るように言った。

「曲解だよ。逃げた奴らは『プリハ』の修行服をまとってたが、どっちも信者じゃない」

「えっ、本当なのか⁉」

「ああ」

「『幸せの泉』の曽我がおれたちの確執に乗じて、『魂の絆』と『プリハ』に潰し合いをさせ、漁夫の利を得ようとしたんだろうか」

「曽我はそんな策士じゃないよ、誰かと違ってね」

「腹黒くないぞ、おれは」

「よく言うな。わたしが氏家香穂とつき合ってることは薄々、気づいてたんだろうがっ。それなのに、彼女を口説いたりして。きさまは人間の屑だ。殺してやるから、来世では善行を重ねろ！　言い遺したいことがあったら、早く言えよ」

「久松、そう興奮するなっ。冷静に話し合おうじゃないか。おれたちは、元同志だったんだ」

「もう遅い！」

久松が左腕を城島の胴に回し、刺身庖丁の柄を握り直した。石津は二人に駆け寄った。

「おたくは？」

久松が問いかけた。

「警視庁の者です。刺身庖丁を渡さないと、逮捕せざるを得なくなるな。久松さん、あなたは曲解してます。本部ビルを爆破したのは、『魂の絆』の関係者じゃないでしょう」

「それじゃ、城島の言った通りなんですか？」

「だと思います。あなたたち分派をぶつけ合わせて、ある物を手に入れたがってた人間が仕組んだギミックに嵌められてしまったんでしょう」

「ある物を手に入れたがってた？　もしかしたら、教祖の四女の木本聖美が父親の遺骨をほかの家族に渡したくないんで……」

「いいえ、ちがいます。元教祖の家族や信奉者は一連の事件には関わってないでしょう」

「どこの誰がわれわれを敵対させて、何を得ようとしたんです？」

城島が問いかけた。

「その質問には答えられません。とにかく、お二人は憎み合うよう上手に仕向けられたんでしょう」

「そうだったのか」

「庖丁で城島を刺し殺して、わたしは自首する気でいたんですよ。凶行に走らずに済んだわけですね。ありがとうございました」

久松が凶器を足許に落とし、靴で踏みつけた。

その数秒後、黒いバトルスーツに身を包んだ男が足早く自然林の中から出現した。消音器を装着したソーコムＭＫ23を握っている。ソーコムＭＫ23はアメリカの特殊部隊の制式拳銃だ。ヘッケラー&コッホ社が製造している。

「二人とも伏せていてください」

石津は久松と城島に言って、横に走った。

ソーコムＭＫ23から圧縮空気が洩(も)れ、銃弾が石津の頭上を抜けていった。衝撃波で頭髪が揺れた。このままでは危険だ。

石津は寝撃ち(プローンポジション)の姿勢をとった。

安全装置を外し、撃鉄(ハンマー)を搔き起す。数秒後、また銃弾が放たれた。石津は横に転がって、弾丸を躱(かわ)した。着弾地点の土塊(つちくれ)が跳(と)ぶ。

石津は体勢を整え、プローンポジションで撃ち返した。銃声がこだまし、空薬莢(からやっきょう)が右横に排出された。硝煙がたなびく。

放った弾はバトルスーツの男の右の二の腕に命中した。ソーコムＭＫ23が地面に落ちる。暴発はしなかった。

男はソーコムＭＫ23に目をやった。一メートル近く離れていた。ソーコムＭＫ23を拾い上げようとしたら、二弾目を浴びせられると判断したのだろう。

バトルスーツの男は自然林の中に逃げ込んだ。被弾した右腕を押さえながら、必死に樹木の間を抜けている。それほど早くは逃げられないだろう。

石津は自然林の中ほどで、バトルスーツの男に追いついた。銃口を背中に突きつける。

「栃木の塩谷町で、おれを仕留め損なったのはそっちだな？」

「…………」

「もう一発喰らわせてやるか」

「そうだよ。椿原さんにあんたを殺ってくれって頼まれたんだ」

「傭兵崩れか？」

「いや、元自衛官だ。フリーで代理殺人を請け負ってる」

「名前は？」

「黒沼武蔵だよ。ついでに、年齢も教えてやろう。先月、満四十二歳になった」

「『プリハ』の偽信者は、そっちが集めたアウトローたちなんじゃないのか」

「ああ、それも椿原さんに頼まれたんだ。いまさら雇い主を庇ってもしようがないから、何もかも喋るよ。椿原さんは甥の三宅雄大に小野って刑務官を抱き込ませて、東京拘置所からマントラ解脱教の元教祖の遺骨をかっぱらわせたんだ」

「遺骨は三宅にすぐ渡されたんだな？」

「そうだよ。三宅は遺骨をパウダー状にするまで、寮の部屋に隠してたらしい。散骨業者をうまく騙して、木本の骨を遺灰にしてもらったんだ。三宅が別人になりすましてな」

「三宅は城島優の代理人と嘘をついて、リッチな元在宅出家者たちに木本の遺灰を高く売りつけたんだろう？」

「そうだよ。椿原さんは遺灰を売っ払って、甥と一緒に有料老人ホームの運営会社を興す気らしい。しかし、高瀬って防犯コンサルタントを自分で轢き殺してるから、そのうち捕まることは覚悟してるんじゃないのか」

「遺骨盗難事件の実行犯の小野まで始末させたのはどうしてなんだ？」

「小野は二千万の成功報酬を貰ったはずなんだが、欲を出して後三千万円払ってくれって三宅を介して椿原さんに要求したみたいだな」

「椿原は際限なく小野に強請られたくなかったんで、甥の同僚を抹殺する気になったわけか。撲殺犯の三人はどこの誰なんだ？」

「おれの知り合いの半グレどもだよ。後でそいつらのことを教えるから、救急車を早く……」

「その程度の銃創じゃ、死にやしないよ」

「くそったれ！」

黒沼が毒づいた。

そのとき、自然林の横側から歩いてくる者がいた。三宅雄大だった。

石津は黒沼に太い樹幹を抱かせ、両手に手錠を掛けた。腰を低くして、三宅に近づいていく。枯葉を踏みしだく音を安全に殺すことはできなかった。

三宅が石津に気づき、体の向きを変えた。慌てふためいて、林道に引き返しはじめる。

石津は三宅を追った。

自然林を出ると、左手前方から不審なセレナハイウェイスターが猛然と突進してきた。

石津は林道で拳銃を構えて、撃つ真似をした。

三宅が焦って、ハンドルを大きく右に切った。セレナは数本の樹木を薙ぎ倒し、傾いだ形で停まった。

運転席の三宅はエアバッグと背凭れに挟まれ、苦しげに呻いていた。ドアは少しへこんでいるが、簡単に開けることができた。

「黒沼の身柄を確保した。そっちの母方の叔父の椿原竜生が高瀬亮を無灯火の車で撥ねて死なせたんだなっ。犯行動機は、木本の遺骨を盗んだことを知られたからだ。そうだろう？」

「ああ、そうだよ。小野はばかな奴だ。欲を出したばっかりに、黒沼の知り合いの半グレたちに殺されることになったんだから。早く救急車を呼んでくれないか。両足を挟まれて、身動きできないんだ」

三宅が訴えた。

「もうじき救急車と消防車が到着すると思う。パトカーも臨場するだろう。修行施設にロケット弾が撃ち込まれたからな。レスキュー車も来るはずだよ」

「痛くてたまらない。頼むから……」

「叔父貴は、この近くで様子をうかがってるのか」

「いや、職場にいるはずだよ」

「それなら、任意同行で引っ張ってもらうか。もう少し待て。いいな」

石津は拳銃をショルダーホルスターに戻すと、懐から刑事用携帯電話(ポリスモード)を摑み出した。

山梨県警の事情聴取は長くかかりそうだった。石津は舌の先で唇を湿らせ、ポリスモードの発信ボタンに触れた。報告も長くなるだろう。

ツーコールで、電話が尾崎参事官に繋(つな)がった。

「石津君、落着したのか?」

「ええ、なんとか」

石津は事の経過を語りはじめた。夜空には、無数の星が瞬(またた)いていた。

著者注・この作品はフィクションであり、登場する人物および団体名は、実在するものといっさい関係ありません。

本書は、『助っ人刑事』と題し、二〇一八年十月に徳間文庫から刊行された作品に、著者が大幅に加筆修正したものです。

一〇〇字書評

切り取り線

購買動機（新聞、雑誌名を記入するか、あるいは○をつけてください）	
□（　　　　　　　）の広告を見て	
□（　　　　　　　）の書評を見て	
□ 知人のすすめで	□ タイトルに惹かれて
□ カバーが良かったから	□ 内容が面白そうだから
□ 好きな作家だから	□ 好きな分野の本だから

・最近、最も感銘を受けた作品名をお書き下さい

・あなたのお好きな作家名をお書き下さい

・その他、ご要望がありましたらお書き下さい

住所	〒				
氏名		職業		年齢	
Eメール	※携帯には配信できません	新刊情報等のメール配信を 希望する・しない			

この本の感想を、編集部までお寄せいただけたらありがたく存じます。今後の企画の参考にさせていただきます。Eメールでも結構です。

いただいた「一〇〇字書評」は、新聞・雑誌等に紹介させていただくことがあります。その場合はお礼として特製図書カードを差し上げます。

前ページの原稿用紙に書評をお書きの上、切り取り、左記までお送り下さい。宛先の住所は不要です。

なお、ご記入いただいたお名前、ご住所等は、書評紹介の事前了解、謝礼のお届けのためだけに利用し、そのほかの目的のために利用することはありません。

〒一〇一－八七〇一
祥伝社文庫編集長　清水寿明
電話　〇三（三二六五）二〇八〇

祥伝社ホームページの「ブックレビュー」からも、書き込めます。
www.shodensha.co.jp/bookreview

祥伝社文庫

助っ人刑事（すけっとデカ）　非情捜査（ひじょうそうさ）

令和5年6月20日　初版第1刷発行

著者　南　英男（みなみひでお）

発行者　辻　浩明

発行所　祥伝社（しょうでんしゃ）

東京都千代田区神田神保町3-3

〒101-8701

電話　03（3265）2081（販売部）

電話　03（3265）2080（編集部）

電話　03（3265）3622（業務部）

www.shodensha.co.jp

印刷所　堀内印刷

製本所　ナショナル製本

カバーフォーマットデザイン　芥　陽子

Printed in Japan ©2023, Hideo Minami ISBN978-4-396-34891-5 C0193

祥伝社文庫の好評既刊

祥伝社文庫の好評既刊

南 英男
超法規捜査 突撃警部
シングルマザーが拉致殺害された！ 残された幼女の涙――「許せん！」真崎航のベレッタが怒りの火を噴く！

南 英男
闇断罪 制裁請負人
セレブを狙う連続爆殺事件。首謀者は誰だ？ 凶悪犯罪を未然に防ぎ、ワルも恐れる〝制裁請負人〟が裏を衝く！

南 英男
裏工作 制裁請負人
乗っ取り屋、裏金融の帝王、極道よりワルいやつら…鬼丸が謎の組織に拉致された！ 株買い占めの黒幕は誰だ？

南 英男
罠地獄（わなじごく） 制裁請負人
狙われた女社長、組織的な逆援助交際、横領された三億円の行方……襲撃者の背後で笑う本物の悪党はどこの誰だ？

南 英男
葬り屋（ほうむりや） 私刑捜査
元首相に凶弾！ 犯人は政敵か、過激派か？ 極悪犯罪者の処刑を許された密命捜査官・仁科拓海が真相を追う！

南 英男
毒蜜 牙の領分
犯罪者更生を支援する男が殺された。裏社会全面戦争⁉ 10万人を皆殺しにするのは誰だ？ 帰って来た多門剛！